阿拉伯阿拔斯"苦行诗"与中国唐宋"出家诗"
比较研究

齐明敏 ◎ 著

北京师范大学出版集团
BEIJING NORMAL UNIVERSITY PUBLISHING GROUP
北京师范大学出版社

序

本书是 30 年前本人撰写的博士论文,原题目是《阿拉伯阿拔斯"苦行诗"及其与中国唐宋"出家诗"之比较》。此次出版,对原文未作修改,尽管文中瑕疵不少,但却真实反映了当时自己的文献资料掌握情况、对问题的认识水平、遵循的学术规范和论证及表述能力,可算作一种历史资料,欢迎各位读者多提意见。①

下面是原论文"前言":

把阿拉伯中世纪阿拔斯王朝时期流传的"苦行诗"拿来与中国中世纪唐宋两代兴起的"出家诗"作比较,我这个想法是由来已久的。

早在十年前攻读硕士学位时,我就已接触到这个问题。我的硕士论文题目是《艾布·阿拉·马阿里及其在阿拉伯文学中的地位》,论文力求用历史唯物主义的观点和方法分析、评价阿拔斯王朝最后一位大诗人也是阿拉伯中世纪最后一位大诗人艾布·阿拉·马阿里的思想成就和艺术贡献。

艾布·阿拉·马阿里是阿拉伯历史上第一位比较成熟的哲理诗人,在他的著作中,有大量怀疑宗教、推崇理性,揭露黑暗、提倡民主,宣传苦行、号召遁世的内容。由此,他成为阿拉伯中世纪不可多得的一位自由思想家,一位向黑暗挑战的勇敢的战士,也是一位隐士。正因为他的自由思想,也正因为他的勇敢,他才在生前和死后的一千年里未被置于应有的位置。

马阿里的思想成就与他广泛涉猎涌入阿拔斯王朝的外族文化有

---

① 原论文中的大部分摘引皆取文内注释方式,但缺页码,这是第一大缺憾;阿语原诗的译文均为笔者自译,但未附原文,这是第二大缺憾。特此说明,并表歉意。

很大关系，其中就有佛教文化的因素。他闭门索居、终生未娶，其布衣素食的出世人生也与佛教的出家行为有不少相似之处。由于当时我的研究深度和广度还不足以在这一方面进行比较研究，所以硕士论文中并未对此花更多笔墨。

不少阿拉伯文史家、文论家，都把马阿里的诗归在"苦行诗"一类，而且把他当作"苦行诗"最杰出的代表诗人之一。所谓"苦行诗"，就是指宣传苦其身、洁其心、绝红尘、祈来生的诗作。而这种厌世绝俗、低回抑郁的诗，恰恰是在阿拉伯历史上空前绝后的鼎盛时期——750年到1258年的阿拔斯王朝时期大大发展起来的。

无独有偶，在阿拉伯阿拔斯"苦行诗"大大发展的同时，中国的唐宋盛世（618—1279）也正蓬勃兴起一种颇具汉地佛教色彩的"出家诗"。顾名思义，"出家诗"所宣传的要旨与阿拔斯"苦行诗"是相通的。

无论是"苦行诗"，还是"出家诗"，都与当时当地那朝气蓬勃的时代精神大相径庭。这种可称为"异化"的现象背后，必然有其深刻的社会、历史、文化等原因。对阿拔斯"苦行诗"与中国唐宋"出家诗"做一番比较研究，将"苦行诗"和"出家诗"放在人类社会发展的历史中去研究，这对理解人类发展史上这一"异化"现象，把握人类的社会历史、科学文化、宗教哲学、政治经济的相互关系及其发展规律，无疑是颇有裨益的。这就是本文的立意之一。

另外，阿拔斯"苦行诗"和唐宋"出家诗"分别来看，也非常有研究价值。

我们先来看看"苦行诗"。

当今世界的热点之一是伊斯兰问题。成千上万的学者、政客都在研究、探讨伊斯兰教何以问世一千多年不见衰微，反而大有影响全球之势。只有真正理解伊斯兰教的神学学说和哲学理论，全面把握伊斯兰教的发展历程，才能正视它的现实，也才能揭示它的前景。伊斯兰教的凝聚力更多来自它的神学系统和哲学理论本身。另外，在长期的发展过程中，伊斯兰教还在广大信徒心中培育出了根深蒂

固的宗教感情，这也是伊斯兰教得以长期掌握广大穆斯林的原因
之一。

在伊斯兰教一千多年的历史中，历时五百年之久的阿拔斯王朝
是一个重要的发展阶段。从 622 年伊斯兰教诞生到 750 年阿拔斯王
朝建立，阿拉伯社会经历了由沙漠游牧民族向城市文明的转变。阿
拔斯王朝时期，希腊、波斯、印度、埃及、两河流域等古老文明向
阿拉伯地区的涌入及各民族间的交往、融合，使头脑开化、思维成
熟的阿拔斯王朝新一代穆斯林已不再满足于对自己的宗教不假思索
地虔诚信仰，而是要求信仰的理性化、自觉化。于是，各种宗教科
学如雨后春笋般破土而出，关于伊斯兰教的信仰、教义、教法等方
面的探讨和争论延续不断。

在这样一个百花齐放、百家争鸣的氛围里，伊斯兰教经历了一
场被解剖、被分析、被研究、被探讨的洗礼，它的神学系统更加完备，
哲学理论更加严谨。从此伊斯兰教便以崭新的面貌自立于世界，到
今日已发展成为拥有数亿名信众的世界三大宗教之一。而在阿拔斯
王朝促进伊斯兰教理性化、科学化、系统化发展的各种因素中，就
有"苦行运动"这支重要力量。所以，要想真正搞懂伊斯兰教的神
学体系、哲学理论体系，不了解"苦行运动"是不行的。而"苦行诗"
作为"苦行运动"最丰富的文献，自然是研究"苦行运动"的必由
之路。

另外，阿拔斯王朝不仅是政治、经济、宗教、哲学、科学、技
术高度发达的时代，文学在阿拔斯王朝也有空前的发展，尤其是诗
歌达到了可称为前无古人，后无来者的高峰。而"苦行诗"作为丰
富多彩的阿拔斯诗歌中的一个重要门类，当然有它自己的地位和价
值。不研究"苦行诗"，不真正了解它的内涵和形式，就不可能对
阿拔斯诗歌作出科学的评价，也不可能写出一部有价值的阿拔斯诗
歌史。

但是，尽管阿拔斯"苦行诗"有着丰厚的思想成就和高度的艺
术造诣，历代统治者却一直对它不感兴趣。这使得阿拉伯历史上的
御用文人，尤其是史学家、文学史家、文论家对"苦行诗"大都避

而不谈。这里面既有政治的、社会的原因，也有宗教的、神学的原因；既有思想内容方面的原因，也有艺术形式方面的原因。时至今日，"苦行诗"在阿拉伯文苑中仍不啻一块尚待开垦的处女地，踏入此方的阿拉伯文人墨客可以说是凤毛麟角，寥若晨星。

1991年10月到1992年6月，我曾在埃及开罗大学进修，当时频繁奔波于图书馆、书店、书市之间，渴望见到关于"苦行诗"的专门论著，但收获甚微。从所见到的几篇学位论文中我了解到，关于"苦行文学"的专著，整个阿拉伯世界当时只有一本而已。作为一个阿拔斯文学的专门研究人员，我有责任、有义务把这块璞玉挖掘出来，奉献给世人、奉献给历史。这便是本文的立意之二。

阿拔斯"苦行诗"状况如此，那么唐宋"出家诗"又如何呢？

"在中国文学的巨流中，佛教文学浪涛重重，层峰迭起，蔚为大观。然而，由于佛教文学是一种边缘科学，既有文学的形式，又有佛学的内容，所以研究的难度无形中就翻了不止一倍，常使不少有意问津者望洋兴叹，也使不少贸然闯入者贻笑大方。因此，在这个领域中确实还有不少'生荒地'有待于开拓，还有不少'宝藏'有待于采掘，这一大笔文化遗产呼唤着兼修文学与佛学的通才出现。"这是今日中国出版社1990年出版的宗教文化丛书《中国佛教文学》一书"译者自序"里的一段话，我认为它简明扼要地表述了目前佛教文学在我国的研究现状。

唐宋"出家诗"作为佛教文学中相当重要的一块领地，它的状况自然包括在上文所述之中。我在全国藏书最多的北京图书馆① 查阅了几乎所有相关书目，发现有关佛教文学或佛教与文学、佛教与文化方面的专著总共不出二十种，而且大都是1985年之后写成的。这并非因为佛教文学品位不高、价值不大，而是和阿拔斯"苦行诗"的境遇一样，完全出于其他原因。仅仅十几年前，文人、学者甚至普通老百姓对宗教问题都是讳莫如深的，更不待说去研究、探讨宗教文学的优劣高低了。

随着解放思想、改革开放的春风吹遍神州大地，"宗教"这个禁

---

① 今中国国家图书馆。

区终于被打破了，有关宗教的文学艺术也终于可以被重新认识、重新评价了。这是来之不易的文坛新局面、新气候，吸引了许多学者纷纷踏足"宗教与文学"这方土地，写出了一部部难能可贵的论著。

在已有的关于佛教文学的专著中，我们可以看到，唐宋两代，佛教甚盛，文人与僧侣过从甚密，"出家诗歌"层出不穷，尤其是"禅宗"对诗歌的影响更甚，以禅入诗、以禅喻诗蔚然成风。李白、杜甫就曾写过颇具禅机的诗句，除此之外，王维、柳宗元、白居易、苏轼等更是熟谙此道，成绩斐然。但在相当长的时间内，这类作品很多都未登过"大雅之堂"，即便文学史中提到此类诗作，也往往会尽量绕开"佛、禅"话题，顾左右而言他。

为弘扬我国传统文化，提高全民族的素质，建设社会主义精神文明，国内目前正在投入相当精力来发掘古代文化遗产，其中很重要的一个内容便是对宗教文化的重新评价和系统研究，本文的立意之三便是要开拓宗教文化研究的一个新视角，为这项有关全民族的事业尽点绵薄之力。

综上所述，无论是阿拉伯阿拔斯"苦行诗"还是中国唐宋"出家诗"，都有其自身的研究价值。这个价值不仅是文学意义上的，而且还兼有历史、社会、宗教等诸多方面的意义。而把阿拔斯"苦行诗"和唐宋"出家诗"两者联系起来共同研究、探讨，意义便更加重大。

阿拔斯"苦行诗"和唐宋"出家诗"有着许多共同之处。

首先，这两种诗都与宗教息息相关。"苦行诗"源于伊斯兰教，而"出家诗"则源于佛教。所以，在对这两种诗进行研究时，必定要涉及许多宗教内容。本文并不把伊斯兰教及佛教单单作为宗教来研究，而是把它们当作一种意识形态、一种文化现象来对待。宗教从根本上讲，是人对自己和自然的一种认识，是人类认识活动的历史长河中的一个部分，而且是很重要的一部分。

人类在相当长的历史时期内——包括本研究所涉及的那个时期——基本上是用宗教的观点来认识世界的。从这个意义上讲，宗教是一种人生观和世界观。从宗教的这个本质上，我们看到了宗教与人类文化发展不可分割的联系。

广义的人类文化包括人类的社会制度、经济结构、哲学观念、宗教信仰、道德法律、语言形式、文学艺术、科学理论和传统习俗等。宗教从诞生之日起，就参与并探讨着人生的发展和意义，宗教的发展是与人类文化的发展交织、连接在一起的。那么对宗教与诗的研究，就不是一种单纯的、单向的研究，而是泛文化的、整体性的研究，这样的研究必定涉及人类文化发展的规律。本文虽不能完成这一庞大的任务，但毕竟是这种整体性研究的一个新角度、新视点。本文的立意之四，就是希望通过对"苦行诗""出家诗"的研究，加深我们对伊斯兰教和佛教的认识。

"苦行诗"和"出家诗"不仅在源于宗教这一点上相同，而且在思想内容和艺术特色方面也有不少相同之处。从这些共同点之中，我们可以看到阿拉伯民族与中华民族之间有着许多自发的、共同的思维方式和认识方式。这同时也可以说明，人类文化作为一个整体来讲具有某种内在同一性。

而"苦行诗"和"出家诗"在内容和艺术手法上又大相径庭，在这些不同点中，我们又可以看到两个民族各自独具的性格特点和表达方式，从某种意义上说，这又揭示了人类文化的无限丰富性。这便是本文的立意之五。本文把阿拉伯阿拔斯"苦行诗"作为主要的研究对象，同时对"苦行诗"与"出家诗"进行比较研究。对"苦行诗"的研究，是由我多年的研究积累与参阅大量古籍、名著、新书、论文之心得集合而成的，而对唐宋"出家诗"的研究，则借鉴了目前国内许多专家学者多年潜心钻研的成果。这些专家学者无论是佛学教义方面还是文学造诣方面，都有相当修养，他们的著述、论文对我启迪颇深。

《阿拉伯阿拔斯"苦行诗"及其与中国唐宋"出家诗"之比较》一共分八章进行论述，每章都有一个开宗明义的绪言，下分若干节从不同侧面论述每章主题。

第一章"'苦行''出家'之一般"是作为全文讨论的前提而设置的。在第一节"'苦行''出家'释义"里，我们将对本文中所用的"苦行""出家"两个词的内涵进行限定。第二节"'苦行'是人类文明发展中的一种异化现象"，将讨论"苦行"现象在人类文明发展中产生的原因和背景，以及这种现象的性质。

第二章和第三章，是本书的第一组姐妹章。在这两章里，我们将对比讨论"苦行诗"与"出家诗"产生、发展、兴盛的各种原因和状况，一方面进一步肯定第一章所得出的"'苦行'是人类文明发展中的一种异化现象"这一结论，另一方面也为下文对"苦行诗"和"出家诗"的内容和艺术特色进行对比提供足够的背景材料。

第二章"阿拔斯：文明腾达与'苦行诗'大盛"，分两节进行论述。第一节"阿拔斯以前的'苦行'概略"将回顾自伊斯兰教产生前到倭马亚王朝①覆灭这一时期，阿拉伯半岛及后来扩大了的穆斯林社会中的"苦行"行为和苦行诗歌的发展情况。第二节"阿拔斯'苦行诗'——'苏菲诗'的前身"将讨论"苦行诗"在阿拔斯王朝大大发展的各种原因和状况，并简单论述"苦行诗"与"苏菲诗"的关系。

第三章"唐宋代：繁华盖世与'出家诗'奇兴"，也分两节分别论述"出家诗"在唐宋两代兴盛的原因。第一节"佛入汉土探因"将回顾佛教东传入华的历史经过和原因，第二节"唐宋佛教与'出家诗'"将分析唐宋两代佛教兴盛的原因和状况以及佛教对"出家诗"的影响。

第四章和第五章，是本书的第二组姐妹章。这两章的研究对象是阿拔斯"苦行诗"和唐宋"出家诗"的思想内容。第四章"阿拔斯'苦行诗'内容剖析"和第五章"唐宋'出家诗'内容概览"，分别把"苦行诗"和"出家诗"分为三个既有区别又有联系的类型：直接表达宗教信仰、抒发宗教感情的诗作，也就是第四章第一节"剖白信念"和第五章第一节"偈颂、梵呗"中论述的一类诗作；两章的第二节"阐发哲理"和"咏怀、游寺"中讨论的一类诗作，都是知识分子阐发哲学思考的诗作，这类诗作既有宗教的痕迹，又与上一类不尽相同；两章的第三节"揭露时弊"和"警世、感伤"则讨论出于对现实不满而写下的诗作，这类诗作无论在思想基础还是价值取向上都是与上面两类息息相关的。

———————————

① 又称伍麦叶王朝。

　　第六章和第七章，是本书的第三组也是最后一组姐妹章。这两章将分别论述"苦行诗"和"出家诗"各自的艺术特点，每一章也分三节来谈。第一节"新题材与新体裁"与"借诗明禅"是从题材的角度来谈的；第二节"重'理'轻'文'之得失"与"唯在'兴趣'"是从形象刻画的角度来谈的；第三节"通俗易懂赢百姓"与"简古淡泊、韵味无穷"则是从风格的角度来谈的。

　　上述三组姐妹章，也就是第二章至第七章，是本书的核心所在。从这六章的对比分析中，我们可以看到，在相近的历史背景下，不同地域、不同民族、不同宗教信仰和不同文化传统的文人，会产生某种共同的创作意识和创作方法；而同时，由于作者所处的地域不同、所属的民族不同、宗教信仰不同、文化传统不同，他们的表达方式、风格特征也各具特色。这就是一个对立统一的发展规律。

　　第八章，也就是本书的最后一章，将阿拉伯阿拔斯诗哲艾布·阿拉·马阿里和中国唐代诗僧寒山子作一对比。马阿里是阿拉伯哲理诗的鼻祖，寒山子则是中国哲理诗的开山祖师，而这两位诗人又分别是写"苦行诗""出家诗"的，这不是偶然的巧合。在这一章里，第一节"'无牵无挂一身轻'"分析马阿里和寒山子创造哲理诗的主观原因，第二节"反叛的哲学"分析马阿里和寒山子所创造的哲理诗孕育在"苦行诗""出家诗"中的必然性。第三节"于出世、入世之间"既是这一章的一个小结，也是对"苦行诗""出家诗"价值取向的一个小结。在这一节里，我将提出对"苦行诗""出家诗"所体现的价值取向的看法，并由此阐述自己对一切出世哲学、出世行为的看法。

　　由于本人能力和水平有限，文中定有不少疏误之处，还望前辈、专家批评匡正。

目　录

第一章 "苦行""出家"之一般

绪 言

既然要谈"苦行诗""出家诗",首先就要搞清楚何谓"苦行"、何谓"出家",它们都有什么含义、都有什么内在规定性,这就是本章的目的之一。关于阿拔斯王朝流行的الزهد 一词应该如何翻译、唐宋流行的与佛教有关的各种诗歌应该如何命名,目前并无定论。我对汉语中诸多有关词汇进行了一番分析之后,确定使用"苦行诗"和"出家诗"这两个名称。

本章还有一个目的,就是要试论一下"苦行""出家"一类行为因何产生,是否有规律可言。为此,本章要追述一下历史,从而帮助我们更好地理解阿拔斯"苦行诗"和唐宋"出家诗"兴盛的原因。

第一节 "苦行""出家"释义

从字面上讲,"苦行"和"出家"是两个概念不同的词。"苦行",简单地说,就是刻苦修行,可以指各种体力的、智力的、道德的和精神的艰苦训练。例如,运动员在参加竞赛前放弃种种生活乐趣,忍受艰苦的肉体考验,可称为"苦行";又如在学校的智力训练中,学生要经过刻苦学习的锻炼,也可称为"苦行";而有些道德训练通过锻炼意志以抵制感官的快乐,从而达到维持道德水平的目的,亦可称为"苦行"。

而"苦行"一词最多还是在宗教意义上使用的,也就是指某些宗教流派的信徒用常人难以忍受的痛苦来折磨自己的一种修行手段。或者说,这是一种为了实现某种精神上的理想或目的而克制自己的肉体或心理欲望的刻苦实践。实际上,世界上比较大的宗教中,几乎没有哪一种不具有"苦行"的痕迹或"苦行"的某些特征。

在阿拉伯语中,表达"苦行"含义的词不止一个,例如,"祖赫德"（الزّهد）是用来表达"苦行"的最常用的一个词。本书要讨论的"苦行诗",是从阿文شعر الزّهد一词翻译过来的,而阿拉伯语中的"苦行主义",用的也是"祖赫德"一词,"苦行运动"（حركة الزّهد）同样来源于这个词。"祖赫德"一词的本意是:出于理想和某种愿望对某物或某事冷淡、感到厌烦,甚至戒绝某物或某事。由于后来多用于表达"对尘世表示厌烦""戒绝尘世生活"等意义,所以它在宗教和文学领域里就变成一个专门用来表达"弃绝红尘""出家修行""禁欲苦修"等含义的词了。

除"祖赫德"一词外,阿拉伯语里还有"努斯克"（النّسك）、"泰阿布德"（التّعبّد）、"泰拉胡布"（الترهّب）、"泰拉赫本"（الترهين）、"泰卡疏负"（التقشّف）、"达尔卧沙"（الدّروشة）等词表示"苦行"。"努斯克"偏重出家、隐遁;"泰阿布德"特指"虔诚崇拜""潜心侍主";"泰拉胡布"和"泰拉赫本"强调"畏神虔敬、出家做修士";"泰卡疏负"则特指"禁欲、节制、生活艰苦"。总之,这些词都是从方方面面来说明"苦行"的。

再有,我们通常把英文的"asceticism"译为"苦行主义",把"ascetic"译成"苦行的、苦行者",即"self-denying",意为克己的;"austere",指生活简朴、艰苦的;"leading a life of severe self-discipline",指过严格自律之生活的;"person who (often for religious reasons) leads a severely simple life without ordinary pleasures",指通常为了宗教的目的过一种非常简朴、没有基本乐趣的生活的人。很显然,英文的"asceticism"一词和中文的"苦行主义"、阿文的"الزّهد"大体上是同一个意思。

根据以上对汉语、阿拉伯语和英语中"苦行"一词的分析,我认为"苦行"一词是不同民族、不同信仰的人大都可以接受的词。

也就是说，"苦行"是更加概括，从而兼容性更强、信息量更大的词，所以更适合表达人类的这种行为。至于汉语中的其他一些近义词，如"遁世""避世""出世""隐遁"等词，则大都强调"苦行"的某一方面，对其他方面则有所忽略。

而"出家"一词则通常被看作佛教名词，是指"脱离家庭到寺院去做僧侣"。"出家"原为印度吠陀教和婆罗门教的遁世制度，佛教兴起后沿用了这一制度。"出家"一词包括以下两层意思：一是远离家庭生活，独居或聚居在修行之处；二是实践宗教修行。无论是"离家"还是"修行"，都是"苦行"的侧面。所以我们说，"出家"是"苦行"的一种，或者说是"苦行"的一个方面。

实际上，"出家"一词已经用得相当广泛了。道教全真派道士舍家观居，称"出家"；天主教徒脱离家庭、潜心修行，也叫"出家"；穆斯林摒弃红尘、禁欲苦修，亦谓"出家"，等等。也就是说，"出家"一词的使用语境已越来越接近于"苦行"了。

综上所述，"苦行"和"出家"是两个既有区别又有关联的词。"苦行"是对"为了某一信仰或理想远离现实，抑制自己生理上和心理上的正常欲望，忍受常人难以忍受的身心痛苦，进行某种心理训练或修行"这一类行为的总称。而"出家"既包括在"苦行"的含义之中，又因自身的佛教色彩而与"苦行"有所区别。当我们谈及不同民族、不同信仰的人的有关行为时，还是用"苦行"一词来表述更为恰当。

在对"苦行"和"出家"两词的词义分别作了分析说明之后，本书把阿拉伯阿拔斯王朝的"祖赫德"诗译成"苦行诗"，把中国唐宋与佛教有关的诗称为"出家诗"，就比较好理解了。

有的学者曾把"祖赫德"诗译成"劝世诗"或"苦修诗"，这两种译法与"苦行诗"很接近，但我认为"劝世"也好，"苦修"也罢，都很难涵盖阿拔斯王朝"祖赫德"诗的内容。而且"修行""修道""苦修""隐修"一类的词，一方面含义比"苦行"窄，另一方面已多用于天主教或佛教，用来称呼与伊斯兰教有关的"祖赫德"诗不太合适。汉语中"禁欲主义"一词倒是没有什么教派色彩，可含义也不如"苦行"广泛，而且把"祖赫德"诗译成"禁欲主义诗歌"也嫌冗长，不如"苦行诗"简练。

至于对唐宋时期与佛教有关的一类诗应该如何称呼，亦是个需要琢磨的问题。从意义上讲，仍叫"苦行诗"是可以的，但这样一来，既嫌重复，又不好区别；直称"佛教诗"又容易使人误解这类诗只是讲诵佛典、直陈佛理的，而实际情况并非如此。"禅诗"一词可以概括很大一部分与佛教有关的唐宋诗歌，但也不能概括。所以，我选择了"出家诗"一词来为这类诗命名。

首先，"出家"一词长期以来多用于佛教；其次，"出家"一词的意义如今已日趋接近"苦行"，而并不特别强调"剃度受戒""居寺修行"的仪式。所以，我们可以把"出家"解释为"实践与佛教有关的苦行"。

在这样的意义上，把唐宋时期僧侣、出家人写的偈颂之类的诗和文人写的那些游山寺、与僧人赠答之类深通佛教之奥义、歌咏佛教之悟境的诗统称为"出家诗"，我认为是可行的。

第二节 "苦行"是人类文明发展中的一种"异化"现象

"异化"一词原是德国古典哲学的术语，指"主体在一定的发展阶段，分裂出它的对立面，变成外在的、异己的力量"（参见《辞海》"异化"词条）。后来，包括费尔巴哈和马克思在内的许多著名哲学家也都使用过"异化"这个词，但他们也赋予它新的含义。宗教神学家也纷纷使用"异化"，使这个词有了神学方面的意义。现代西方哲学、社会学、心理学甚至经济、技术等学科都广泛使用"异化"一词，而当代人则在更广泛的领域里借助了"异化"这一概念来解释事物。

尽管如此，万变不离其宗，"异化"的基本含义并未脱离二百年前德国古典哲学中对于它的基本定义。根据这一基本定义，我认为人类社会的"苦行"也是一种"异化"现象。因为，"苦行"现象往往发生在物质文明和精神文明或者说人类文化相对发达的社会或时代。下面,我们就来分别看看人类古代产生过"苦行"思想或者说"苦行主义"的各个民族的情况。

人类的第一个伟大文明是苏美尔人(约公元前4500年)在美索不达米亚创造的,距今已有六千多年了。美索不达米亚作为一个地理名词,在最广泛的意义上包括幼发拉底和底格里斯两河之间和毗邻的土地,从西北方亚美尼亚的托罗斯山脉直到波斯湾的古代海岸,西临叙利亚大沙漠与草原,东临扎格罗斯诸山。在这块土地上,除了苏美尔文化外,还有两河流域的巴比伦文化,叙利亚和巴勒斯坦地区的迦南文化、阿拉姆文化、腓尼基文化,小亚细亚的赫梯文化等。

美索不达米亚时期的文化以文字的发明为特征,这是人类最早的文字。这个时期被史学家称为"原始文字时期",当时的美索不达米亚已经有了高度组织化的城邦,有了号称"帝国"的奴隶制国家,有了人类最初的政治、法律、宗教形态,有了航海、灌溉、筑塔的技术、工艺,还有了文学、天文学、数学等文化门类的兴起和发展。这一切使古代美索不达米亚成为一个走向文明的社会,直到公元前333年亚历山大大帝征服巴比伦。

在美索不达米亚伟大文化的刺激下,又一个人类文明的摇篮——北非的埃及几乎同时(约公元前4200年)进入了文明时代。埃及文化的早期发展是很迅速的,无论是王权神授的中央集权制国家体制,还是农业、渔业、手工业、商业等发达的经济形式,都是我们早已熟知的。至于以象形文字、金字塔、太阳历法、木乃伊制作为代表的埃及科学、文化,更是世人皆知、魅力无穷的。

具体考察美索不达米亚和埃及这两个较早出现人类文明的地区后,我们就会发现:在所有城邦里,最惹人注目的事物之一就是一座或一群庙宇,这些庙宇往往比王宫还高大、雄伟。在后来出现的多个文明的城市中,也有这种状况。可以说,"在古代文明世界的各个地方都有庙宇;在非洲、欧洲或亚洲西部,凡是原始文明立足的地方,就有庙宇;而在文明最古老的地方,如在埃及和苏美尔,庙宇是最显著的事物"(《世界史纲》)。换句话说,文明的萌芽和庙宇的出现这两件事在历史上是同时发生的。

城市的萌芽在历史上是伴随着庙宇的出现而产生的,"城市是围绕着在播种季节杀人祭坛的祭祀而出现的"(《世界史纲》)。任何一座庙宇里,都有一个供奉崇拜偶像的神龛。这些偶像或是兽形,或是人形,都是古时人们各种幻想的体现,是由各种原因、各种动机、各种观念创造出来的。一般来说,这就是宗教的起源。但庙宇并不仅仅是崇拜祭祀的场所,由于农业对气候、时令的需要和依赖,庙宇又是历法观测的"科研机构"。除此之外,庙宇同时还是城邦各种活动的中心。古代案件和事件的记录一般是保存在庙宇里的,文字和知识也就往往发源于庙宇。

庙宇除了供奉偶像、举行活动外,还必然长年居住着一些看守神龛、主持祭祀、组织活动、提供帮助的专职人员,这就是早期的僧侣阶层。僧侣们即是立过誓约、经过训练、献身于神的人,他们是那个古老年代里的知识分子阶层,创立了早期的神学系统或者说信仰、礼仪、制度、法律等,还钻研医学、星象学、数学等自然科学知识。所以,僧侣阶层在当时堪称人类文化的集中代表。

巴比伦的祭司就曾创造了主神"马都克"(原为巴比伦民间崇奉的农业神,又译马尔杜克)创造世界的神话,从而论证了世间诸城市皆须服从巴比伦,也论证了"神授的"巴比伦王权至上。巴比伦的文学就是这些宗教神话的发展和延续。

在苏美尔文明初期,庙宇里就有专门观察星象的祭司。他们在长期的经验中积累了许多准确的天文知识,这对后来太阴历的出现起了重大作用。同天文学和农业有关的数学知识也在发展,但这方面显然是比苏美尔人起步稍晚的古埃及人更有成就。

古埃及的宗教要比西亚的宗教发展得更加完善,不仅有对现实社会的种种神学解释,而且已经有了对死后世界的种种描述。古王国时期的法老陵墓中就已经有了关于死后世界的一些符箓(《世界通史》上古部分)。新王国时期还产生了写在长卷纸草上的各种咒文、祈祷文、颂歌等,时人称其为《死亡书》,这是对在后世继续享受荣华富贵的一种期待和寄托。

古埃及的文学、建筑、雕刻、绘画都是建立在宗教信仰之上的，也可以说它们本身就是宗教文化，而科学知识也是在庙宇文化中发展起来的。古埃及的僧侣在公元前 3000 年就已经勾画出了星座，并将黄道带分为了十二宫（《世界史纲》）。

作为帝王的陵墓，金字塔这种建筑充分说明了古埃及人当时的数学成就已达到相当精密的程度。木乃伊的制作则包括了对人体的研究、对疾病及其疗法的经验，这说明了古埃及医学的发达程度。而所有这些自然科学的创始人，恰恰都是寺庙的僧侣。

综上所述，古代的僧侣是古代文明的集中代表。这说明，宗教文化和世俗文化在古代还没有实现分离，我们现代概念中的所有世俗文化当时都是同宗教文化密不可分的。换句话说，人类文化的发展与宗教的发展从一开始就是不可分割的。尽管后来世俗文化脱离了宗教文化而独立发展起来，但宗教文化仍或多或少地影响着世俗文化的各个方面。反过来看，宗教文化的发展也从来不能脱离世俗文化的发展，世俗文化同样影响着宗教文化。

现在我们要说的是，古代僧侣代表古代人类文明这一现象本身就会引发一个问题，即人学和神学互相排斥又互相吸收的对立统一现象。古代宗教里的诸神，就是人类早期面对那些不明白其真相的"异己"力量时幻想出来的崇拜物。人们希望通过供奉、尊敬这些神，求得身心平安、生活富足。这些信仰、崇拜对象的出现，就是人的一种异化了的意识和感觉的结果，即用自己幻想出的偶像来安慰、统治自己。

这种异化了的意识和感觉，是人类向文明进步的时候才会产生的。因为这时的人类或者说其中的一部分，已经可以从终日狩猎谋生等维持最低生存需要的事物中超脱出来，有机会观察和思考作为客体的自然界和作为主体的人自身以及客体、主体之间的关系等种种问题。

文明程度越高，宗教的教义、礼法就越复杂、越严密。这又是一种异化现象，即人文精神越发达，宗教神学就越趋于严密。这是因为文明越发展，人的思维越发达，就越可以创造出高水平的神学系统和宗教规范。从迄今为止世界宗教文化的发展历史中，我们可以清晰地看到这一点。至于宗教是否会永存，是否会消亡，什么时候消亡，则非本书的讨论内容。

这里要说的主题是：正是在最早出现文明曙光的美索不达米亚平原和古埃及，诞生了最初的宗教，而各个宗教的僧侣们，就是最早的"出家人"与"苦行者"。他们远离家庭，终年住在庙宇里，侍奉神、主，闭门研修。他们参与创造了人类的文明，而他们自己却远离文明世界，这不能不说是一种或者说一个角度的异化现象。

僧侣的生活方式本身就是反进步、反文明的，而他们又恰恰在创造文明、发展文明。这种异化现象的出现有客观原因、历史原因，也有主观原因、功利原因。

所谓客观原因和历史原因，是指这些早期的僧侣不可能对自然界包括人类自身有透彻、本质的了解。因为当时的物质文明和精神文明还处在十分低下的状态，在这种状态下，用神学来解释、规定自然界和人本身的种种不可解释的现象，是人类文明发展的必然阶段。就是到了今天，人类对真理的认识也不够完全，宗教仍有存在的空间。

而所谓主观原因和功利原因，就在于这些早期的僧侣已经充分认识到"一定的隔离、一定的疏远程度，会使神的威望大大提高"（《世界史纲》），这就是把神供奉在远离世俗社会的庙宇里的原因之一。而僧侣生活在与平民隔离的状态下，加上他们的才学和智慧，会使普通人由衷地感到敬畏，他们的话和行为才更有感召力和权威性。这就是早期文明政体大都是僧侣政体的基本原因之一。

至于早期的僧侣是否有过关于"苦行主义"的明确主张，我尚未见到有关史料，不能随便推测，但他们的行为已足以说明"苦行"是他们的行为准则之一。而在继美索不达米亚和古埃及文明之后于南亚兴起的古印度文明中，则已经有了明确的与"苦行主义"有关的表述。

古代印度大体包括现在印度、巴基斯坦等国的领土，目前有文物可考的历史已经可追溯到公元前四千纪末和三千纪初。在印度河流域的大地上，曾经有过著名的哈拉帕城市文化（公元前 2000 年左右）。哈拉帕时期的生产力已经发展到相当高的水平，手工业、农业、捕鱼业、狩猎业、纺织业、制陶业、工艺美术业和建筑业等都已有了高水平的发展，以度量衡器和十进制计数的数学为代表的科学文化也相当发达。

哈拉帕文化之后，是自公元前 1500 年左右雅利安人入侵后开始的吠陀时代。吠陀这一称谓来自印度最古老的历史文献、宗教文献、诗歌文献《吠陀》集，这部经典文献为我们展示出当时印度文化的发达和丰富。当时，印度的雅利安人的宗教信仰吠陀教的自然神崇拜都被记录在《吠陀》集里，所以吠陀教就将《吠陀》集作为自己的经典。在吠陀教的教义中已有了关于禁欲主义的观念，要求信徒遁世以奉诸神，后来的婆罗门教吸收并发展了这一观念。

在生产力不断发展、种姓制度逐渐确立、社会分化不断加剧、奴隶制国家逐渐形成的公元前 7 世纪左右，吠陀教已演变成维护种姓制度并把以其为核心的社会等级制度神圣化的婆罗门教。"婆罗门"在梵文中的原意是"神学的掌握者"，还有一种说法以为这是梵文"净行"或"承司"的意译。我认为"婆罗门"本应是前一种意思，而后一种意思针对的是婆罗门种姓的某些行为。所以，后来"婆罗门"一词很可能同时包含了上述两种意思。

婆罗门是种姓制度规定的四个社会阶层的最高一级，即祭司、僧侣阶层，世代以祭祀、诵经（《吠陀》集）、传教（婆罗门教）为职业，掌握国家的神权，垄断知识，享有种种特权，是国家精神生活的统治者。其他三个社会阶层依次是：刹帝利，掌握国家军政大权；吠舍，主要从事农业、畜牧业、手工业和商业；首陀罗，即下层人民。婆罗门教教义就是教育人们要遵守种姓制度，并远离作为幻觉的物质世界，这样死后才能转生为较高的种姓，乃至最后归于唯一的真实——梵（宇宙灵魂）。

在婆罗门教中，已有了对"苦行"的明文规定，例如婆罗门要绝对素食。婆罗门教还把人的一生分为四个苦行阶段，由低向高发展，并规定：人一旦超过五十岁，就应远离世俗文明，风餐露宿，衣不蔽体，静心思虑，"三省五申"，以求神庇。这应该说是人类较早的关于"苦行"的集中表述了。在从吠陀教到婆罗门教的演变过程中，我们可以看到文明的发展对宗教的影响。

随着商品经济的不断发展，种姓制度已成为社会发展的束缚，握有国家行政权力的刹帝利（武士阶层）和掌握国家经济命脉的吠舍（牧民、放债者、商人和地主）便要求摆脱婆罗门的统治，最下等的首陀罗和四种姓之外的帕里阿也苦于世代受压迫而经常发动叛乱。同时，思想界的斗争亦十分激烈，出现了与婆罗门思想相对立的沙门思潮，否定吠陀经典的权威和婆罗门的政治、思想统治。

耆那教是公元前6世纪兴起的反婆罗门教的教派之一，它的创始人是筏驮摩那（前599—前527年），也有人将他的名字译成"伐弹摩那"（《世界史编年手册》古代和中世纪部分），又有人说他叫"增益"（《世界上古史纲》）。传说他三十岁出家，苦行十二年之后"得道"，被称为"大雄""耆那"（意为胜者）。佛经亦称其为尼乾子（裸体的苦行者）。

筏驮摩那出身刹帝利种姓，他的教派代表的是印度的上层市民（主要是大商人和新兴奴隶主阶级）的利益和思想。他抨击婆罗门种姓自命不凡的优越感，反对吠陀经典，强调王权。但耆那教的教义也继承了婆罗门教的善恶有因果、人生有轮回之说。

耆那教认为，宇宙之巅是待解脱的灵魂脱离躯壳之后所居之处。灵魂本质清洁，且有无穷的知识、福乐及力量。外界事物与灵魂接触后便限制了灵魂的这些功能，但信徒可以摆脱物质世界的束缚而达到灵魂的解脱。这就要求信徒以正智——认识真理，正信——信仰真理，正行——实践真理为三宝，履行五戒：不杀生、不妄语、不盗窃、不淫、无所得（即戒私财）。另须斋戒，隐居自苦，悔罪自赎，谦卑，礼拜，学道，入定，以此"苦行"来摆脱苦难。

耆那教的"苦行主义"观念是非常突出的，其表述已较婆罗门教更为完备，所以"苦行主义"成了耆那教的主要特征。如果说婆罗门教的"苦行主义"出于婆罗门种姓的祭司巩固自己统治地位的需要，那么耆那教的"苦行主义"则是出于反对婆罗门的统治、激励人们振奋斗志以夺取统治权的需要。这种功利的目的是传教者用关于来世幸福的一套理论来贯彻的。这套理论之所以可以被接受，一是因为人类对幸福乃至永恒幸福、真正幸福的固有追求，而人们的现实生活又往往不能满足这种追求，所以来世幸福、真正幸福当然就有其诱惑力；二是因为人类尽管当时还处于比较低下的文明状态，但毕竟已有了健全的思维，也有了现成的文明积淀，所以人们的大脑完全能够理解在现实文明基础上幻想、勾勒出的未来。为了更美好的未来，人们或者说部分人们宁可牺牲现实的乐趣而实践"苦行"。这样分析的结果便是：人类初期的"苦行主义"观念是一种现实文明发展中的异化观念。

与耆那教同时在印度出现的，还有后来成为世界三大宗教之一的佛教。佛教也是由于当时的印度民众对婆罗门教及种姓制度强烈不满而产生的，其初创时比以前的任何一种宗教都更有征服力和感召力。佛教中也有非常明确的"苦行主义"理论，我们将在稍后更加详尽地分析这些理论。在这里，我们先来看看中亚上古时期的"苦行"情况。

伊朗和中亚也是人类文明最早的摇篮之一，"约当公元前四至二千纪，各地由新石器时代晚期过渡到金属时代，语系的分布大概也在这一个时期形成"（《世界通史》上古部分）。埃兰（又译伊兰、依蓝）人是伊朗高原最早的居民，他们在公元前四千纪就已有了自己的文字和语言。公元前二千纪后半期，也就是公元前1300年左右，埃兰已成为一个强大的奴隶制国家。在伊朗和中亚的其他地方也相继出现了一些最初的奴隶制国家，如花剌子模的巴克特里亚和扎格罗斯山以东的米底（又译米底亚、米堤亚、米地、玛代）王国等。

这个时期的伊朗和中亚各民族已经有了自己的物质和精神文化。物质文化的杰出代表就是游牧生活所需的各种实用物品，比如与骑马有关的马勒、马鞍、马裤、带钩等，都是中亚人民的发明。居行两便毡制帐篷最早在这里诞生，另外金属饰物也已在此地流行。而这里的精神文化与上古时期的其他人类文明一样，是以宗教为代表的。被后来的波斯皇帝大流士一世（公元前 521—前 486 年在位）定为波斯国教的琐罗亚斯德教（又译拜火教、祆教、波斯教）在这时已经开始出现，该教在居鲁士二世（即居鲁士大帝，约公元前 590—前 529 年）统一了伊朗、中亚及两河流域的广大地区，建立了波斯帝国（公元前 550 年）以后得到广泛传播，并在南北朝时传入中国。至今，伊朗和印度仍有琐罗亚斯德教的信徒。

琐罗亚斯德教是以它的创始人琐罗亚斯德（公元前 628—前 551 年）的名字命名的，其教义保存于《波斯古经》（又译"阿维斯陀""阿维斯塔"）中。这部"圣书"是公元前 9 世纪到公元 3 世纪陆续编成的，其中包括宗教神话、戒律、赞歌、祷辞等，是记载伊朗和中亚古代历史文化的重要文献，其中只有很少一部分是琐罗亚斯德的原作。

《波斯古经·神歌》（又称《伽泰》，传说这是琐罗亚斯德本人宣讲内容的记录）记载的教义说："太初有两灵相会，他们自由地在生与无生之间进行选择。经过这种选择，产生善根与恶根。善根有正义与真理之国与之相应，恶根则有谎言之果，居此国者均为恶魔。智慧之主阿胡拉·玛兹达与众天使终究会消灭罪恶之灵。"（《简明不列颠百科全书·"琐罗亚斯德"条目》）善根的代表是光明之神、智慧之主阿胡拉·玛兹达（又译阿胡拉·马兹达），而"火"是他的象征。所以琐罗亚斯德教以礼拜"圣火"为主要仪式，因此又被称为"拜火教"。

如前所述，琐罗亚斯德教初创时的教义里并没有关于"苦行主义"的明确表述，但在琐罗亚斯德教的创世神话中却充满了"苦行主义"的因素。在这里，"性"被归为"邪恶""堕落"，只有"正直""高尚"之人才能进入天堂。该教的裸陈尸体、任由秃鹫啄尸等习俗更是充满"苦行"色彩。到了后来的萨珊王朝时期，琐罗亚斯德教的祭司马兹德克（又译玛兹达克）发展了该教原不明确的"苦行主义"教义。

总之，琐罗亚斯德教的"苦行主义"是对人的本能欲望的一种扼制或者说一种恐惧，而由此产生的二元论宗教观成为该教的主要教义。这既是人类自身矛盾的反映，也是一种异化现象。

上文我们回顾和讨论的是古代东方的几个文明社会：苏美尔—巴比伦、埃及、印度、波斯，以及在这些文明社会里发生的"苦行"现象。我们发现，"苦行主义"在东方是和宗教紧密相联的。更确切地说，"苦行"在东方都是宗教孕育产生的，宗教在人类社会早期则是文明发展的标志。而下面我们将要讨论的古希腊"苦行主义"现象，却与此大不相同。

我们现在称为希腊的地方，在上古时期并不是希腊人的土地。希腊人是从北欧迁徙到南欧爱琴海沿岸的雅利安人，或者说是操雅利安语的克尔特人。远在这些人来到这块土地之前，这里已经有了相当发达的人类文明，这就是以克里特岛的米诺斯（又译弥诺斯）文化为代表的爱琴海区域的上古文明。早在公元前2700年至公元前2000年，克里特岛上就已经有了奴隶制国家克诺索斯（又译克诺苏斯），这里的农业、手工业、建筑业、航海业已经相当发达。这个高度发达的文化被后人用该国国王米诺斯的名字命名，即米诺斯文化。

米诺斯时期，已经有了由象形文字转化成的线形文字A（又名线形文字甲）。一直到公元前1450年左右，北方的游牧民族即希腊人的祖先才陆续来到这个具有古老文明的国度，"他们征服和摧毁了大部分在他们到来以前原有的爱琴文明，并且在他们的废墟上创立了自己的文明"（《世界史纲》）。

古希腊人在巴尔干半岛和包括克里特岛在内的爱琴海岛屿定居后，在米诺斯文化的基础上开创了属于他们自己的迈锡尼文化。这个文化在一些地方不如他们的前辈，而在另一些地方赶上甚至超越了他们的前辈。值得一提的是，古希腊人从腓尼基人那里借来了元音，使原有的雅利安语趋于完善、易于掌握。于是，读书和写字成了普遍的技能，这对古希腊人的思维与理性的发展起到了重要的甚至是决定性的作用。

还有一个原因使古希腊人更倾向理性，这就是他们几乎没有什么宗教传统。在他们之前的米诺斯文化中，宗教的痕迹就十分罕见。著名的克诺索斯王宫（亦称米诺斯王宫）中的壁画、陶器彩画等艺术杰作，多是描绘庆典游行、贵族活动、集会和自然景物的。艺术风格有强烈的写实倾向，反映了克里特岛的社会意识形态没有像古代东方各国那样受到宗教神学的控制。而且，当游牧民族出身的古希腊人南下侵入这个文明社会时，这里已经有了航海业、农业、城市、文字，古希腊人只是接受了现成的文明成果，在其之上又发展了自己的文明。所以，古希腊历史上就不像东方那些文明古国那样存在从庙宇到国家的阶段，也没有祭司国王的时代。

古希腊人直接形成了城市组织，而没有围绕着庙宇发展、成长的历史。对于宗教雅利安人似乎从来没有多大神秘感和神圣感。众所周知的希腊神话的最大特色是"神人同形同性说"，古希腊的神，是受人尊敬的人物，人们对神既不十分恐惧也不十分敬畏。而且，古希腊宗教史上始终没有出现至高无上的宇宙主宰。古希腊世界的僧侣和他们的祖先雅利安人的僧侣一样，不过是神龛和庙宇的守护者或祭祀的主管者，而没有发展成为占据统治地位的阶级。他们在社会生活中并没有那么重要。

另外，希腊地理情况的特殊性——海湾、贫瘠的多石山地——使古希腊人始终处在与自然界的对抗斗争之中，这便使他们形成了站在自然界对立面冷静地观察、辨析客观物质世界的思维基础。这促进了自然科学的迅速发展，也促使人们的逻辑思辨能力日益完善。地理环境还使得古希腊的农业从来就不能自给自足，必须靠邻邦援助，所以古希腊的外贸一直很发达。而为了换取粮食，古希腊的手工业及商业也相当发达。这一切都决定了古希腊人是一个比较开放的民族，而不像古代东方民族那样更偏重于自省。这也是古希腊人更偏重理性、更具有现实性的一个重要因素，自然科学和思辨哲学在这样的头脑里才能形成、发展、传播。

我们几乎不能用简短的语言来描述古希腊文明之丰富性、深刻性，因为它的覆盖面太大，成就也太多。好在作为人类伟大的文化遗产，古希腊文明已经尽人皆知，在此就不一一细述了。这里，我们只想了解一下，在这个理性发展超出任何一个同时代聚落的地域里，"苦行"思想的状况如何。

如果用一句话来概括古希腊的"苦行主义"特点，那就是：这里的"苦行主义"观念不再是源于宗教或类似的感情、信仰，而是出于哲学意义上的思考和理性意义上的推理。而哲学，尤其是理性的哲学，正是古希腊人为人类文明作出的最伟大的贡献。

在以米利都学派、赫拉克利特、德谟克利特等为代表的古希腊唯物主义哲学中，几乎找不到任何"苦行主义"的痕迹。因为在他们那里，自然界和人类社会就是最真实的实体，他们的研究对象就是自然界和人。而在与之相对的古希腊唯心主义哲学中，我们看到了"苦行主义"的表述。

毕达哥拉斯（约公元前580—前500年）是古希腊著名的自然科学家、哲学家，他不仅是哲学流派毕达哥拉斯主义的创始人，还被后人奉为数学、音乐、几何学、天文学之父。他的学说对柏拉图、亚里士多德的思想有很大影响，促进了西方理性哲学的发展。至于他在自然科学方面的成就，很可能是他的弟子们的学说，后来也都统称为"毕达哥拉斯主义"。

公元前532年左右，毕达哥拉斯为了逃避当局的迫害而移居意大利南部，在今天的克罗托内一带创办了一所伦理—政治学院，组织了一个政治、宗教、哲学联盟或者说教团。这个教团在公元前6世纪时十分活跃，在南意大利的希腊人居留地几乎都有活动。毕达哥拉斯教团在政治上是保守主义的，反对奴隶主民主派统治的制度，主张维护奴隶主贵族统治。因此到了公元前4世纪，在越来越强大的奴隶主民主派的反对下，不得不解散。

正是毕达哥拉斯的这种政治观点，阻碍了他向工商业发达的爱奥尼亚的朴素唯物主义和辩证法靠近。他走上了另一条路：理性主义和非理性主义交织在一起的毕达哥拉斯主义。在毕达哥拉斯及其弟子们创立的学派中，既有爱奥尼亚学派的唯物主义思想成分（这主要表现在他们对数学、天文学、几何学等自然科学的研究上），又有类似古希腊教派俄耳甫斯教教义的神秘主义思想成分（这主要表现在他们的灵魂论上）。也许下面这段话能使我们更清楚地看到这种交织："著名的格言：一切都是数。即一切现存的事物最后都可归结为数的关系。世界结构的动力原理依赖于矛盾物或对立物的相互作用，而数学中最主要的是单双关系。灵魂是一种自行活动的数，这种数经过一种轮回或者在不同的物种中依次转生，直到它最后净化（通过哲学和伦理上要求严格的毕达哥拉斯灵智生活），并摆脱轮回（超升天界，与神成为一体）。"（《简明不列颠百科全书·"毕达哥拉斯"及"毕达哥拉斯主义"条目》）

在上面这段话里，我们清楚地看到了一些不同的甚至是对立的观念的混杂，以致人们对于毕达哥拉斯主义的性质至今还存在争议。应该说，"伦理上要求严格的毕达哥拉斯灵智生活"实质是一种禁欲主义的生活，即"苦行"生活。毕达哥拉斯主张人们不要吃得太饱，而应尽量节食，这一方面对身体健康有利，另一方面可以使大脑更加清醒，从而使心灵纯净。毕达哥拉斯本人就只吃些面包、蜂蜜、水果、蔬菜等，这种"苦行"的依据是他提出的"灵魂论"。"灵魂论"在这一点上与以前的宗教似乎无太大区别，但是毕达哥拉斯论证的方法及对灵魂的实质的规定、净化灵魂的手段等，无不透露出他作为一个自然科学研究者、一个思辨哲学家所具有的理性的痕迹。

或许在毕达哥拉斯的时代，这种二元论的哲学思想更能被人们接受。因为当时的人们还需要在"严肃的"理性思维、"枯燥的"科学真理之外，寻求某种心灵上的、感情上的慰藉和满足。所以，毕达哥拉斯主义的影响超过了它本身的价值，一直延续到欧洲文艺复兴时代。

苏格拉底是又一位身体力行的苦行僧式的哲学家。在政治上，他与毕达哥拉斯一样反对民主政治，维护奴隶主贵族统治。他的学生——我们马上就要谈到的柏拉图，也是贵族制的热心拥护者。这种政治要求必然导致他们奉行一种违背客观现实的哲学信条——没落的奴隶主要从思想上夺回自己失去的既得利益的信条。我们这样说，并不是否定毕达哥拉斯、苏格拉底、柏拉图的学说中积极的、合理的、有价值的东西，因为这几位大哲学家毕竟生活在文明发达的古希腊城邦内，古希腊优秀的文化成果不可能不在他们的头脑中打下深深的烙印，而这些成果必然是当时任何一个哲学流派构成的基础。正因为如此，苏格拉底、柏拉图和亚里士多德才成为世界公认的古希腊三大哲人，他们的学说奠定了西方文化的哲学基础。

苏格拉底本人并无著述，他的学说和思想是由他的弟子——主要是柏拉图——记录、整理下来的。柏拉图出身贵族，在政治上持与苏格拉底同样的观点。而在哲学体系上，他不仅用引人入胜的文字把苏格拉底在公共场合的演讲、议论中的观点系统地记录、整理下来，还吸收了毕达哥拉斯学派的某些观点，形成了一整套哲学学说。柏拉图的本体论思想（理性第一性、现实第二性）、"理想国"思想（实行有限的君主专制的等级社会）、伦理学思想（观照心灵，认清善恶观点）等，都对后来的西方哲学造成了不可估量的影响。欧洲近代大数学家、哲学家怀特海（1861—1947）曾称："如果为欧洲整个哲学传统的特征作一个最稳妥的概括，那就是它不过是对柏拉图哲学的一系列注脚。"事实上，在从亚里士多德到圣奥古斯丁、从帕斯卡尔到怀特海的一千八百多年中，柏拉图的影响始终存在，而且现在也并未消失，基督教中的柏拉图哲学痕迹就是明显例证。

苏格拉底与柏拉图对"苦行"的表述清晰地体现在他们的伦理学主张中，当然，其与他们的政治主张和哲学上的本体论有密不可分的关系。苏格拉底说，生命是虚妄的，活着的只有灵魂。柏拉图发展了这一学说：理性是第一性的，现实是第二性的。从此出发，苏格拉底认为人们在关心自己的身体和财产之前要先关心自己的灵魂，使灵魂尽量变好，乃至和神一样。因为灵魂是人最真实的自我，它就是人本身，所以"善"的知识是至关重要的。他有句名言："当智慧来临时，欲望便为理智服务，而智慧一旦离去，头脑就成了欲望的仆人。"他还说："渴求真理者的心灵，是天使的讲坛，而听凭欲望摆布者的肚皮，是死兽的坟墓。"柏拉图宣称，理想的生活是理性的生活，人的真正价值在于其是理性的实体。所以他主张轻视肉体以及与它相关联的生活，从而轻视钱财、轻视欲望。

总之，苏格拉底与柏拉图的"苦行"观已明显带有理性思维的特征，与东方"苦行"观的神秘、感性色彩形成鲜明对照。这是古希腊哲学最显著的特点，也是其对人类影响最深远的贡献。

伟大的古希腊理性主义哲学，尤其是爱奥尼亚的米利都等唯物主义学派的诞生，已经拉开了人类消除"自身异化"的序幕。即便是毕达哥拉斯、苏格拉底、柏拉图等唯心主义哲学家，也已经明显地朝此方向前进了一大步。但是历史令人遗憾地改变了方向，古希腊的伟大贡献后来被汹涌的宗教神学浪潮冲到了一边。直到15世纪的欧洲文艺复兴时代，在重新振奋起来的工商业及后来的机器大工业强有力的震动下，理性才又一次"复苏"。整个中世纪，除了阿拔斯王朝和唐宋王朝以外，东西方都出现了理性文化的断层。虽然也有种种克服"异化"的尝试和努力，但相对于一千年的时间来说，是很微小的。这里有政治、经济、文化等各方面的原因，也有人类思维发展不平衡的原因。所以，古希腊思辨哲学的力量在本土变弱是历史的必然。其实，毕达哥拉斯、苏格拉底、柏拉图的唯心主义学说的广为传播已预示了这种结局，而后来的历史也展示了宗教传统并不厚重的雅利安人的后裔是如何建立了最为极端的神权社会的。

上文中，我们简略回顾了人类古代东西方历史上"苦行"产生的情况及其不同的特点。由于篇幅有限，许多事实还未及评述。比如，古希腊的犬儒学派和斯多葛学派等都曾有过非常明确甚至严格的"苦行主义"主张。

在上述回顾中，我们并未论及世界上最有影响的基督教、佛教、伊斯兰教、犹太教关于"苦行主义"的论述。而不论是本身的产生和发展还是关于"苦行"的规定和主张，产生于古代的犹太教、基督教和佛教对这一节的主题似乎都更有价值。但是，鉴于这几大宗教已经人所共知，再次详说便属多余。另外，我们在下面各章节的论述中还要涉及有关内容，所以在此有意略去不谈。但有一点是不辩自明的，即这几大宗教的产生和发展也好，其"苦行"观念的产生和发展也罢，都与前面详述过的那些历史大同小异。只是这几大宗教的教义更加系统、严密，主张更加明确、完整，影响更加广泛、深远，所以掌控的信徒更加众多、统治的时间更加持久，直至今日。

综上所述，"苦行"是一种古老的人类现象，是人自身"异化"

的现象。今天,社会科学、自然科学已经相当发达,但这种"异化"现象并未消失,各种各样的"苦行"实践还在世界上的某些地方继续发生、发展着。这是从人类社会发展的宏观角度得出的结论,而具体分析一下历史上发生过的"苦行"行为,则大致有以下几种动机:

"苦行"行为的动机可以是个人生活遭遇了不幸或经历了某种失败,从而用"苦行"来慰藉自己的心灵。这种"苦行"一般表现为个体行为、个别行为。

"苦行"行为的动机可以是想要远离他人(或其他阶层、群体、阶级)所享有的更多的物质文明成果,从精神生活中寻找安慰和平衡。这种"苦行"可以是个别行为,也可以是自发的群体行为。

"苦行"行为的动机可以出自深入的哲学思考、对现实世界的本质的认识和对更美好的未来世界的希冀。这种"苦行"同上一种一样,可以是个别行为,也可以是自发的群体行为。

"苦行"行为的动机可以出自对宗教的信仰,或是对教义中描述的来世惩罚的畏惧,或是对教义中描述的永恒幸福的渴望,等等。这种动机占了"苦行"产生原因的相当部分,且大多表现为群体行为。

在大多数情况下,这些原因是互相交织在一起的,只有具体问题具体分析,才能大致说清。但这是超出本书讨论范围的,只能就此搁笔。

这一章里,我们论证了本书命题中"苦行""出家"两词的含义,回顾了人类历史上的几种"苦行"行为产生、发展的情况和特点,说明了"苦行"是人类文明发展中的一种"异化"现象以及产生这种现象的大致原因。

第二章 阿拔斯：文明腾达与 "苦行诗" 大盛

绪　言

　　世人皆知的《一千零一夜》中描写的那个神秘、富饶、强大、豪华的阿拉伯或者说巴格达，正是本书所论及的阿拔斯王朝的一个缩影。即使刨除那些神话般的夸张描写，当时的阿拔斯王朝确实是世界上最庞大的帝国，是那个时代无与伦比的世界经济、文化中心。由于地理位置的原因，尽管 "贞观之治" 后的中国唐代 "统治世界" 的能力丝毫不比阿拔斯王朝差，但史书还是把当时的 "世界中心" 的称号给了地理位置更加优越的阿拔斯王朝，或者说给了巴格达：

　　　　帝国朝廷是优雅的，豪华的而极其富裕的；首都巴格达，是围绕着一个巨大的行政堡垒的巨大商埠，在那里，国家的每一个部门都设有适当而秩序井然的办公处；城中大小学校很多；文明世界各国的哲学家、留学生、医生、诗人和神学家群集到这里来……各省首府都有宏大的公共建筑点缀着，邮政和商队有效而迅速的服务又把这些城市连接了起来；边防是稳固的，守卫得很好，军队忠诚，神速而英勇；各地方长官和政府大臣都诚实谨慎。

　　　　这个帝国以同等的实力和没有削弱的控制从西利西亚大门延伸到亚丁，从埃及延伸到中亚细亚，不但有穆斯林，还有基督徒、异教徒和犹太人在政府中任职。篡位者、反叛的军官和伪装的先知似乎已在穆斯林领地上绝迹了。交易和财富取代了起义和饥荒……瘟疫和疾病得到了帝国医院和政府医生的处理……在政务中粗率但还顶用的阿拉伯行政管理方法已让位于部分由罗马人创始而主要采自波斯政府制度的一种很复杂的国务会议制。邮政、财政、御玺、皇室领地、司法和军事都分设办公署由各大臣和官员掌管,一支由办事员、抄写员、文牍员和会计员组成的大军涌进了这些公署,逐渐使大教主同他的臣民没有直接的接触,而把政府的全权夺到自己的手里。

皇宫和周围事物同样仿照罗马和波斯的先例。太监、蒙着面纱的"后宫"、卫兵、密探、中人、弄臣、诗人和侏儒环侍在大教主左右,各就其地位高低竭力博得他的欢心,间接地使他分心,不能专理国务。同时,东方商业的贸易往来使大量黄金源源流入巴格达,这些来自抢劫和掠夺的捐献是由那些侵袭得胜的军官掠夺小亚细亚、印度和突厥斯坦而运送到都城的。看来,由于突厥奴隶和拜占庭硬币不断的供应使伊拉克更加富饶,同以巴格达为中心的广泛商业运输相联合,产生了一个由将官子弟、官吏、土地所有者、皇室宠臣和商人等组成的庞大而有势力的金融阶级。他们随其所好奖励艺术、文学、哲学和诗歌,兴建豪华的邸宅,在宴饮娱乐上竞奇斗富,收买诗人来赞扬他们,涉猎哲学,支持各派思想,兴办慈善事业。其实,他们的所作所为都是各时代富人所常做的事。(《世界史纲》)

上面这段话是 20 世纪 20 年代一位来自西方的东方学者站在阿拔斯王朝的版图前写下的,虽不长,但把阿拔斯王朝的方方面面都概括进去了。从这段简短的话中,我们足以见到当时阿拔斯王朝的强大和富足。当然,在读这段描述时,我们有两点应当清楚:

第一,任何一部史书都不可能"最真实"地反映历史实情。作者掌握的史料及作者的哲学观点、政治立场、思维方式、宗教信仰、生活经历等,都会影响历史著作对史实的客观、真实、贴近实际的反映。我们没有理由要求每部历史著作都百分之百与史实一致,可以综合各种历史著作再进行自己的分析和研究。我认为，上面这段话是基本上反映了阿拔斯王朝前期的实际情况的。

第二，上面这段话实际上只是阿拔斯王朝前期也就是前二百年的大致状况，描述了阿拔斯王朝的鼎盛时期。在后期阿拔斯王朝政治、经济、文化全面走向衰落。直至1258年旭烈兀攻进巴格达，阿拔斯王朝就此覆亡。

在上面这段话中，除了有些提法值得商榷之外，还有些表述过于绝对，用句流行的话来说，就是"报喜不报忧"。因为历史上的每一个国家，哪怕是最强大、最发达、最兴旺、最繁荣的国家，都会有自身的一定的矛盾，否则社会与历史都将会停滞不前。尽管阿拔斯王朝前期被称为阿拉伯历史上最灿烂辉煌的时代，其都城巴格达被称为"举世无双的城市"，但这个社会中的矛盾和斗争也从未间断：

> 即使在王朝的全盛时期，帝国境内也已危机四伏。络绎不绝的社会动乱和民众起义，严重地威胁着哈里发的统治。除了王朝初期政府反对派发动的起义外，随着社会生产的发展，阶级矛盾和民族矛盾也步步加剧。一些地区的民众为反抗上层的统治和剥削，先后发动起义，这包括在宗教外衣下发生的新的狂教徒的起义。(《伊斯兰教史》)

阿拔斯王朝是建立在波斯人和什叶派穆斯林反对倭马亚王朝的力量之上的，而阿拔斯哈里发一上台，就把建国功臣们抛在了一边。虽然哈里发一时巩固了自己的地位，但被镇压、被排斥的势力从未停止反抗，政权之争贯穿了整个阿拔斯王朝的始终。另外，王室内部争权夺利的风波也从未平息过，同室操戈的故事屡屡上演。由于阿拉伯的哈里发政权是以异族尤其是波斯的传统和模式建立的，所以在建国初期及以后的很长一段时间内都受制于异族大臣对国家的管理。后来，哈里发政权逐渐大权旁落，成为傀儡政权。而且，分封制又使哈里发政权的中央集权制逐渐瓦解，许多军政领袖在自己的领地搞"独立王国"，阿拔斯王朝到了后期便四分五裂。宗教上的派别斗争也从一开始的潜伏状态逐渐变得明朗化，这种信仰、观点上的不同或对立导致的流血冲突不断发生。除此之外，财富的过分集中造成贫富两极分化严重，贫民起义连绵不断，而上层贵族的骄奢淫逸又使国库逐渐亏空，国民经济在这种不稳定的社会状况下逐渐衰落。最终，在 1258 年，这种内部的虚弱给了蒙古人以可乘之机，旭烈兀强悍的骑兵一路血战，毫不留情地把这个一度辉煌的东方大帝国踏在铁蹄之下。

也许阿拔斯王朝的兴衰史远不如它的文化史著名，正像美国著名东方学者希提在他的《阿拉伯通史》一书中所说的："在全世界编年史上，这个时期之所以特别著名，都是由于伊斯兰教历史上最重大的智力的觉醒，这件事被认为是世界思想史和文化史上最有意义的事件之一。"希提所说的"智力的觉醒"是以著名的"百年翻译运动"为开端的，我国著名的阿拉伯历史学家纳忠教授在为《阿拉伯—伊斯兰文化史（近午时期）》一书所写的序言中说：

　　8 世纪中叶，阿拔斯王朝建立后，阿拉伯人的军事扩张基本停止，帝国的局势日渐安定。随着政治和经济的迅速发展，文化生活也出现了一派繁荣景象，阿拉伯语也有了很大发展。因此，阿拔斯封建统治阶级迫切希望吸取先进文化，希望把波斯、印度、希腊、罗马的古代学术遗产译为阿拉伯语，以满足帝国各方面的需要。……阿拉伯人的翻译事业始于倭马亚王朝，不过倭马亚王朝的译书多为穆斯林和非穆斯林的个人事业，零星翻译，没有计划。到了阿拔斯前期，译书成为国家的一项主要事业，有领导，有计划地进行。国家投入巨资，建立机构，组织人力；从各地聘请大批翻译家，专职进行，在精神上、物质上有优厚的待遇。翻译的范围极为广泛。……麦蒙创建的智慧宫，在 9 世纪的一百年内兴盛不衰。阿拔斯前期留下来的极为丰富的翻译典籍，为后期极盛时代的学术文化和创造发展提供了难以估计的影响。

"百年翻译运动"把阿拉伯人当时可能掌握的希腊、叙利亚、印度、波斯的哲学、政治学、文学、自然科学等著作大都译成了阿拉伯文。其中最引人注目的是古希腊哲学著作的翻译，这使人类古文明中最伟大、最光辉的成果之一得以保存下来，之后又由欧洲文艺复兴运动继承和发扬光大，使后人永远受益。在这种大规模翻译运动的基础上，阿拔斯王朝的科学、文化事业空前发达，即使在政治、经济、文化全面走向衰落的阿拔斯王朝后期仍保持了相当水平，甚至更加成熟。

这里，我们只举几个例子：拉齐的《医学集成》至今还是发达国家医学院的基础教材之一，伊本·西那的《医典》"被当作医学圣经的时间比其他任何著作都要长"（[美]希提：《阿拉伯通史》），数学家花拉子密"是中世纪时代任何其他著作家所不能及的"（同上），查比尔·伊本·哈彦的化学论文"十四世纪以后，在欧洲和亚洲，都是影响最大的化学论文"（同上），以铿迪、法拉比、伊本·西那、伊本·鲁世德为代表的阿拉伯哲学家对世界文化发展的影响更是世人皆知，等等。

那么，在这样一个由极盛到衰亡的王朝里，"苦行"运动是怎样的呢？"苦行诗"又是怎样的呢？我们将在下面两个小节里逐一论述。第一节"阿拔斯以前的'苦行'概略"将谈谈阿拉伯——伊斯兰"苦行"运动的产生、发展情况及特点，并简要介绍阿拔斯王朝以前的"苦行诗"产生和发展的情况。第二节"阿拔斯'苦行诗'——'苏菲诗'的前身"将分析阿拔斯王朝"苦行诗"兴旺的各方面原因。

第一节 阿拔斯以前的"苦行"概略

"阿拉伯"在现代已是一个包含多民族、多地区的概念，西亚、北非 22 个国家和地区的四亿多人口所居住的地方都被称作"阿拉伯世界"。而在公元 7 世纪以前，"阿拉伯"这个概念只包括现在的阿拉伯半岛，面积只有 265 万平方千米。半岛约有 40% 的地区是沙漠，沙漠居民大部分是逐水草而居的贝督因（意为游牧民）人。

在公元前1000年左右，阿拉伯半岛南部沿海地区（包括今也门和阿曼）已经有了经商的城镇居民，还有了在灌溉农业和香料贸易的基础上产生的高度发达的物质文明，在古代的国际贸易和政治史上占有重要的地位。这个地区盛产香料，自古就同亚述、埃及等地区进行香料贸易。又因其地处当时东西方水陆交通的要冲，所以又是亚洲、非洲商品贸易的转运中心，后来又发展成为地中海沿岸各国进出口贸易的必经之地。

半岛北部的沙漠绿洲地区，也有不少陆路贸易的商站。贝督因人以护送商队、出租骆驼为生，后来围绕商站发展出了半岛内部的集市贸易。伊斯兰教出现前，这里有著名的五大集市：欧卡兹（麦加以东100千米）、阿曼（今阿曼）、亚丁（也门）、萨那（也门）、哈达拉毛（也门），其中欧卡兹在556年以后跃居五大集市之首。这里不仅是商品转运贸易的集散地，而且是半岛的文化、宗教中心，每年"禁月"的克尔白（天房）朝觐和诗会是规模盛大的集市的重要内容。正是这种商业、文化、宗教上的联系，才使散居状态下的阿拉伯游牧民族"有了共同的风俗习惯、共同的荣誉观念、共同的社会心量，同时也形成了凌驾于部落方言之上的共同语言"（《伊斯兰教史》）。

虽然阿拉伯半岛的文明算不上最古老、最伟大的文明，但对于在如此恶劣的自然条件下生存的民族来讲，文明能发展到这样的程度已实属不易。在6世纪以后，随着转运贸易的规模增大，阿拉伯民族与北部美索不达米亚文明、西部埃及文明与欧洲文明、东部印度文明的接触增多，这里的文明也随之进步。原有的氏族制度开始被削弱，贫富分化，血亲关系逐渐被经济关系取代。但是，把握经济实权的氏族贵族又千方百计地利用氏族制度的传统和宗教仪式来维护自己的统治，而一致对外的共同利益又使氏族内部的阶级矛盾被暂时掩盖。在这种背景下，一些受到时代变化影响的有识之士对氏族贵族的剥削、压榨深怀不满，对传统的拜物教形式感到厌倦。在早已传入半岛的犹太教和基督教的影响下，他们在私有财产观念不断发展的情况下产生了追求个人信仰、个人解脱的愿望，以消除传统的氏族利益、氏族信仰对个人心理发展的束缚和压抑。

犹太教和基督教带有外族入侵的背景，在感情上不易被以维护荣誉为最高道德规范的阿拉伯人接受，而且它们的大部分教义内容也与阿拉伯人的生活环境、文化传统格格不入。在这种背景下，被称为"哈尼夫"（弃恶从善的）的教派应运而生。哈尼夫教派的创始人是一些经济上比较宽裕的有文化的人，他们有条件在闲暇之时隐居山中静心思考，探索宗教改革的问题。他们"声称追随'易卜拉欣'（先知）的宗教，厌弃偶像崇拜，拒食祭牲腐肉，甚至反对部落贵族的特权"（《伊斯兰教史》）。这也许就是阿拉伯有文字记载的历史上最早的"苦行"行为了。这种行为一方面出自哈尼夫教派的创始人与偶像崇拜的决裂和对部落贵族聚敛财富行为的反抗，另一方面也是受了犹太教和基督教的影响。犹太民族长期和半岛的阿拉伯人共同生活，犹太教对阿拉伯人来说并不陌生，犹太教中关于禁欲主义和"苦行"的习俗自然也被阿拉伯人耳闻目睹。同时，基督教聂斯脱利派的隐修制度也开始为阿拉伯人所熟悉。

在乌买亚·本·艾比·赛尔特（哈尼夫教派创立者之一，著名诗人）流传下来的诗歌中，可以看到哈尼夫教派关于"苦行"的一些观念：

> 生灵无望相聚，尽管能存活一时，
> 前方有引路之人，后面有驱赶之士，
> 死亡就在前头，生灵绝无逃生之术。
> 于是它便笃信，自身终将回复初创之物。
> 生活无论怎样美好，总要分手相别黄泉路。

乌买亚·本·艾比·赛尔特在诗中表达了一种厌世的情绪，但字里行间也透露了他内心的挣扎：渴望、留恋这尘世的生活，但死亡却无时无刻不在围追堵截，生命再鲜活强大，终不是死亡的对手。无奈之中，他便用回归造物主的信念来进行心理训练，以安慰矛盾的心灵。这里的造物主已经隐含着一神教的萌芽，而这里的厌世情绪也已经是明明白白的"苦行"观念。

哈尼夫教派的创立者们"作为在宗教领域中主张改革的先驱，可以被视为穆罕默德接受一神教义的媒介。但是，能为广大阿拉伯人接受和信奉的新宗教，必须完全独立于基督教和犹太教，又要能担负起社会变革的历史任务。这一超出哈尼夫的模糊一神观念而进一步发展一神信仰的使命，是由穆罕默德完成的"（《伊斯兰教史》）。

穆罕默德（约 570—632 年）这位六岁时便成了孤儿的先知，并没有接受过任何学校教育。但在成长过程中，许多因素促使他走上了宗教改革、社会改革之路。先是生活贫寒使他渴望改变现状，他很小就"跟随伯父，过着粗茶淡饭的生活，有时，他还要外出替人放羊，为家庭分担"（《伊斯兰简史》）。面对抢占绿洲、水源从而获得大量财富的部落贵族那纸醉金迷的生活，他心中的愤懑和不平是可想而知的，这就使他萌发了求解放、求大同的思想。

另外，早年的生活经历也使他变得头脑成熟、经验丰富：

> 他十二岁跟着伯父前往沙姆经商，一路上虽饱经辛劳、饥饿和困苦，但也有许多同外界和其他阿拉伯部落接触的机会，沿途他听到许多传闻逸事，开阔了眼界。穆罕默德对诗歌、朗诵、演说很感兴趣，当时阿拉伯半岛上时常举行文学性、商业性的集市，如欧卡兹集市等，他有机会便去那里。在外经商使他注意观察各地的风俗、部落的习惯，聆听各种宗教故事，从而积累了丰富的社会经验和宗教知识，这对他以后创立伊斯兰教有着重要作用。（《伊斯兰简史》）

而穆罕默德最终有机会、有时间、有条件创立伊斯兰教，还是在他与比他年长 15 岁的麦加富孀赫蒂彻（خديجة）结为百年之好以后。穆罕默德婚后的经济状况大为改观，使他从此摆脱了卖苦力求生计的贫困状况，终于有时间、有精力来思索那些常常萦绕在他脑际的问题。穆罕默德的亲朋好友中有一些哈尼夫教派的人，他们或许教给了他某些一神教的知识。另外，穆罕默德早年听说、接触的一些犹太教和基督教的观念和传说，也对他建立一个新宗教起了很大的作用。

按照伊斯兰教通常的说法，穆罕默德婚后常到麦加城郊希拉山的一个山洞里静居隐修，每次长达月余，昼夜苦思冥想。在穆罕默德四十岁那年（610年）的一个夜晚，他在冥冥之中听到一个声音命令他宣读："你当奉你的创造主的名义而宣读，他曾用血块创造人。你应当宣读，你的主是最尊严的，他曾教人用笔写字，他曾教人知道自己所不知道的东西。"（《古兰经》第96章"血块章"）这个夜晚被后来的穆斯林称为"高贵之夜"，穆罕默德在这个夜晚听到的话则被说成是最早的"启示"——"来自造物主安拉的启示"。伊斯兰教的经典《古兰经》就是从这个夜晚开始直到632年穆罕默德去世的22年中，穆罕默德所传"启示"的汇编。

《古兰经》共有114章、6200余节经文，但没有一处提到过"苦行"。显然，伊斯兰教的教义、教规中没有"苦行主义"的观点，这是因为穆罕默德创立伊斯兰教的目的实际上是入世的。例如，在前期的"麦加章"（在麦加"启示"的经文）中，大多数内容是警告类的，这针对的是麦加贵族巧取豪夺、大量搜刮财富、侵吞民脂民膏的恶劣行径。里面有对末日审判的形象描绘，有对奖善惩恶的宣传，有对真主万能的强调，有对不信"启示"之人或民族惨遭厄运的描述，有对不顾氏族义务而排斥贫人、欺凌孤儿弱者的唯利是图者的怒斥和警告，也有对信"启示"及行善者将进入"下临诸河的天园"的许诺，等等。

正是由于这些早期经文与麦加贵族的观念截然对立，并直接触及社会现实，伊斯兰教才在广大下层人民中间引起极大反响和支持。而在伊斯兰教取得重大发展和决定性胜利之后的"麦地那章"（在麦地那"启示"的经文），则是一系列的立法。这些经文的宗教色彩已被更多的政治内容所冲淡，这无疑是一个国家的统治者的治国纲领和法律宣言。对麦地那人来说，这是他们的希望所在。当时麦地那正处于氏族社会解体、阶级社会形成的激烈变化阶段，这个以农业为主的绿洲上，为了争夺土地和村舍，战争和冲突连年不断，而原有的氏族社会又无法超脱自身利益而具有制止冲突的权威。这时，穆罕默德的新宗教无疑是麦地那人结束战争、实现和平的希望所在。

尽管伊斯兰教并不提倡"苦行"，除了每年的斋月及施舍之外也未作任何"苦行"或"禁欲"的规定，但在伊斯兰教的教义里有许多对尘世和后世的论述，这些论述被后来的"苦行"者们奉为信条。

据《古兰经》所述，尘世是短暂的，终将灭亡，所有尘世的浮华、财富、子孙、荣誉等都迟早要消亡。作为通往来世的桥梁，尘世只是来世的一个种植园，种瓜得瓜，种豆得豆。而来世却是永恒的，真主的忠诚信奉者将会顺利通过末日审判，进入真主为他们建造的可以享受永恒幸福的天堂。真正的幸福并不在短暂的尘世，真正的幸福之人是不受尘世浮华迷惑的一生取悦真主、虔诚侍主的人，真主将用永恒无边的幸福来弥补他们在尘世放弃的短暂的快乐。《古兰经》中的这些教诲，针对的是当时阿拉伯半岛贵族阶级横征暴敛导致战乱频仍、国无宁日的现实，具有鲜明的现实意义。然而，这些教诲后来却成了伊斯兰教"苦行"者的思想理论基础。

最早的伊斯兰教"苦行"行为，应该是先知穆罕默德及其弟子所践行的。

穆罕默德和再传弟子以及四位正统哈里发在伊斯兰教传播期间及胜利后的巩固政权期间无法拥有正常的生活，更不用说享受荣华富贵，创业和守业的艰难已足够他们大伤脑筋了，而且伊斯兰教初期的教徒大多数是对贵族统治、部落血战不满的下层人民，整个教团的生活自然比较清苦。另外，作为新宗教的领袖人物，只有身体力行自己的主张，才能获得更多群众的依赖和支持、提高自己的声誉和威望。尤其是正如上文提到的，在《古兰经》中有许多蔑视尘世浮华的篇章，那么，领袖人物的实践对初期的创业、守业者来说便是极为重要的。至于穆罕默德传教前的隐修，那恐怕是为了在寂然超脱的状态下专心思考，本身并无出世之意义。

有一点应该提及，即伊斯兰教初期的"苦行"行为仅是一般的生活清苦、潜心思虑等，所以有些伊斯兰史学家称它为"积极的苦行"。不管是否正确，这确实能够说明这时伊斯兰教的"苦行"比较温和，同时在观念上也与其他宗教的"苦行主义"有明显的不同。也就是说，伊斯兰教创立之初的"苦行"的目的还是世俗的。伊斯兰教创立的目的就是建立新的社会秩序，代替以前的氏族制度，那么每一个穆斯林都应为此奉献自己的一切，如参加社会建设，宣传伊斯兰教的观点、教义，建立新的道德伦理规范和社会秩序、国家法律等。穆斯林只有很好地完成这些世俗任务，才能享受来世的幸福。

所以说，尘世是真主特意为众信徒安设的一个考场，"苦行"就是赢得这个考验的最好方式。但是，我们也应看到，还有少数虔诚教徒与一般的"苦行"者不同：他们深信《古兰经》的教诲，期望通过虔敬的宗教生活切身体验经文中描述的穆罕默德个人的神秘经验；他们奉行经文中的敬畏、坚忍、克己、顺从、行善、谦恭等训诫，按照经文关于礼拜的规定长时间连祷、夜祷、跪拜、叩首，因畏惧来世的惩罚而忏悔、求恕、记忆和赞颂真主。当贵族及普通民众追求荣华富贵、贪图安逸和享受时，他们却选择俭朴、清贫甚至独身的生活。这些"苦行"者的言行后来被看作"苏菲主义"的起源。

伊斯兰教初创时期及后来的四大哈里发时期（610—661），并没有"苦行诗"流传后世。这是因为"苦行"思想在当时并未成熟，更不用说形成某种足以影响诗界的思潮或流派了。同时，当时的穆斯林们忙于战争、传教、建立新国家，无暇顾及诗歌创作。

到了倭马亚王朝时期（661—750），"苦行主义"和"禁欲主义"有了一定的发展。这一方面有内部的原因，另一方面也有外部的原因。内部的原因包括：

第一，正统哈里发（四大哈里发）时期结束之后，穆斯林社会内部部落战争之火重新燃起，各个部落为了争夺穆斯林国家的统治权展开了血腥的战争，历史上第一次穆斯林兄弟之间的同室操戈就在这个时候发生了。在这场混战中，一些虔诚的穆斯林对先知开创的大业濒于崩溃感到万念俱灰，为了不被卷入这场血腥的自相残杀，他们选择了闭门不出、一心侍主的道路。还有一些人在混战中失败或受倭马亚王朝统治者压迫，便到宗教和来世中去寻找心理平衡。

第二，倭马亚王朝时期，伊斯兰教的扩张事业得到了很大的发展，从被征服地夺取来的战利品让从未真正享受过城市文明的穆斯林大开眼界，一些"意志不坚定者"便忘却了真主的教诲，大肆挥霍，沉湎于尘世享乐之中。在他们的对立面，便出现了一些具有"伊斯兰远大目光"的穆斯林，用舆论和行动来提醒这些贪图尘世浮华之人这样的行为是违背伊斯兰教教义的，劝他们改邪归正，以免被真主抛弃。

第三，面对倭马亚王朝统治者偏离伊斯兰教教义的行为，穆罕默德的再传弟子们便挑起了维护伊斯兰教精神的重担。他们学习先知榜样，不恋尘世，一心维护宗教。

这三种情况下的"苦行"行为，实际上都是在反抗贪图尘世浮华、偏离伊斯兰教信仰的倭马亚王朝统治者。

外部的原因主要是以基督教为主的外来宗教开始进入穆斯林社会，这是随着伊斯兰教扩张而来的。被征服民族的宗教信仰、文化传统等纷纷进入扩大了的穆斯林社会，尤以巴士拉和库法两城为盛。这两个伊拉克城市从这时起就一直是阿拉伯—伊斯兰文化的中心，在这里受到外来宗教影响的穆斯林中，便有一部分人走上了"苦行"的道路。

这个时期的"苦行"者除了洁身自好、生活清苦之外，隐居出世的倾向加重了一些。但这种消极倾向被另一个特点弥补了，这就是一些"苦行"者勇敢无畏地向统治者直言进谏，起到了提出"警世箴言"的社会作用。

这个时期，"苦行"已经成为诗歌中令人瞩目的题材。随着诗歌在倭马亚王朝的再度兴起，这种"苦行"题材的诗句也登上了属于它的历史舞台。当时，诗歌仍然是阿拉伯社会的主要舆论工具，所以这个时期的"苦行"思想也被记录在诗歌里。"苦行"者们通过诗歌号召广大穆斯林虔敬真主，保持廉洁，苦修今世，赢得来世。但这个时期的"苦行"诗句大多还只是散见于其他题材的长诗中，独立题材的"苦行"诗篇还没有出现。

综上所述，在阿拔斯王朝以前，"苦行"运动及"苦行"诗歌已经在阿拉伯—伊斯兰社会中产生，并有了一定的发展。但这时的"苦行"行为尚未形成一种思潮，真正的"苦行"诗歌也还没有出现。

第二节　阿拔斯"苦行诗"——"苏菲诗"的前身

在本章的绪言里，我们已经简要说明了阿拔斯王朝社会各个方面的状况。一言以蔽之：阿拔斯王朝是一个强大发达、繁荣昌盛而又充满各种内外矛盾的阿拉伯—伊斯兰大帝国。阿拔斯王朝时代堪称阿拉伯文化的鼎盛时期，"苦行诗"也达到了它的顶峰，本章的标题"文明腾达与'苦行诗'大盛"指的就是这个现象。文明腾达与"苦行诗"大盛看上去完全相悖，这种我们前面已经将其称为"异化"的现象是怎样产生的呢？根据多位历史学家的分析，原因是多方面的。所谓"苦行诗"，是指那些揭露现实黑暗、宣传出世学说、主张心理训练、记录"苦行"体验的诗歌。很显然，"苦行诗"的产生和发展是以"苦行"的产生和发展为前提的。所以，我们在分析"苦行诗"在阿拔斯王朝兴盛的原因之前，必然要先分析"苦行"在这个时期得到发展的原因。

先来看看政治方面的原因。在本章绪言里，我们已大致叙述了这方面的情况。简单地说，阿拔斯王朝虽然稳固地统治了二百余年，但是即使在这样的稳固之中，也不乏尖锐的对立和斗争。而在其之后三百余年的历史中，这种对立和斗争更是此起彼伏，连绵不绝。对这种家族、种族、宗派之间争权夺利的纷争十分反感、感到厌倦的人，在其中失败或处于劣势的人，深受其之苦的无辜的人以及伊斯兰教的虔信者等，都有走向"苦行"的动机。

社会生活也是"苦行"发展的重要原因。本章绪言中已经提到，在阿拔斯王朝社会中，财富虽然极大丰富，但是集中在少数皇亲国戚、达官贵人手中，而广大的人民群众却生活在艰难困苦之中，社会贫富两极分化极为严重。阿拉伯统治阶级的骄奢淫逸在阿拔斯王朝达到历史上空前绝后的顶点，他们除了在衣、食、住、行方面穷奢极欲外，还在皇宫里豢养大批女奴、娈童，供他们享乐。狩猎、酗酒成为贵族的时髦。统治阶级的腐化直接导致社会伦理道德的败坏，令世风颓靡。这一切在虔诚的穆斯林眼里是大逆不道的，贫苦大众对此则是恨之入骨。这些都成为"苦行"发展的直接契机。

政治上家族、种族、宗派的权力之争，社会贫富两极分化的不平等现实，都是"苦行诗"揭露和抨击的对象。如果说政治、社会因素从外部推动了"苦行"在阿拔斯王朝大大发展的话，那么阿拔斯王朝的精神生活则从内部使"苦行"成为许多穆斯林的自觉行动。

本章绪言中，我们大略谈到了阿拔斯王朝时期文化的腾飞。文化的腾飞使人们的头脑大大开化、日趋成熟，他们比前辈更有能力剖析、解释自己的宗教，观察、了解自己所生存的世界。对伊斯兰教的虔信者来说，他们此时已可以对过去的简单信仰进行一番理性的、思辨的锤炼，使之更加深刻、成熟。伊斯兰教各宗教学科的纷纷建立和完善，更为阿拔斯王朝的虔诚穆斯林们提供了由自在群体走向自为群体的机会。这时，曾经使伊斯兰教初期及倭马亚王朝时期的一些穆斯林自然走向"苦行"的经文，即那些宣扬尘世短暂、末日审判极为恐怖、真主意志不可抗拒等思想的经文，便成了众多虔诚穆斯林自觉走向"苦行"的思想理论基础。

"百年翻译运动"之后，希腊哲学的思辨之风吹遍阿拔斯王朝大地。与希腊哲学接触颇多的一部分穆斯林，在用思辨的方法对现实世界和人生、物质、精神等问题进行深入的理性思考之后，认定物质世界和世俗欲望是痛苦和烦恼的根源，只有摒弃世俗欲望、远离物质世界，才能获得精神乃至心灵的解脱。同时，大量涌入阿拔斯王朝社会的不同宗教的信徒又带来了基督教、犹太教、佛教等宗教中的"苦行"思想，有些穆斯林在其影响下也走向了"苦行"。

总之，在阿拔斯王朝中，各种纷繁的原因终于使"苦行"大大发展起来，成为当时一种不可忽视的社会现象。阿拉伯著名学者绍基·迪夫在他的《阿拉伯文学史》中这样写道："如果说当时（指阿拔斯王朝时期）的酒馆和奴隶交易所使巴格达、萨马腊等伊拉克诸城充塞着酒气、歌妓、吹拉弹唱——花园和修道院在某些方面也加入此列——那么这里的清真寺却挤满了虔祷者和出家人，他们的人数远远超过了那些放荡、腐败之徒。"

在上古时期"默默无闻"的阿拉伯人，到了阿拔斯王朝时期开始后来居上，走到世界的前列。这是因为阿拔斯王朝文明发展的起点颇高，而恰恰是这高度发展的文明使权力的魅力陡增，成为人与人、族与族、派与派、国与国之间互相残杀的主要因素之一。也正是由于社会财富极大丰富，才有可能出现更多的剩余，从而使一部分人比另一部分人更加富有。同样是由于文明的高度发展，人的头脑更成熟，思维更有逻辑，从而使自发的行为变成自觉的行动。这也就是在阿拔斯王朝实现文化的腾飞的同时，"苦行主义"也开始普遍发展的原因。其实，这也是出现"苦行"这种"异化"现象的普遍原因。

任何事物都有两重性。人类文明的发展是人类的共同理想和愿望，也是人类把握自然和自身的唯一途径。但在文明发展的同时，也必然会出现种种与之相悖的现象。这类现象对人类文明的发展起着不同的作用，有其消极的一面，也有其积极的一面。人类文明就是在抛弃这些现象的基础上再向前发展，直至永远。文明总是要发展的，人类终有一天会自觉地克服这样那样的"异化"现象，从而走向理想的境界。我们今天研究"苦行"的产生和发展，也是这种努力的一个方面。

阿拔斯王朝时期"苦行"的大规模展开，必然导致"苦行诗"的大流行。除了"苦行"者们写下了大量记录"苦行"观点、体验的诗歌之外，许多并非"苦行"者的文人墨客也纷纷提笔，或是为了记下一时一事引发的"苦行"情绪，或是为了表现对各种诗歌题材的驾驭能力。加上广大百姓对"苦行诗"喜闻乐见，更加引发了诗人们写"苦行诗"的热情。于是，"苦行诗"在阿拔斯王朝时期从众多传统题材中逐渐独立出来，成为分量不轻的一个诗歌流派。

阿拔斯王朝"苦行诗"不仅数量多，而且由于它所涵盖的思想内容较其他题材诗歌更为深刻、艺术手法较其他题材诗歌更有新意，在这一时期的诗歌总库中占有不可忽视的地位。尽管历代哈里发出于自身的立场，并未特别鼓励"苦行诗"的创作，其还是在阿拔斯王朝社会大大发展起来。

所谓"苏菲诗"，则是指那些记录"苏菲主义"观念、抒发"苏菲主义"情感的诗作，大部分出自"苏菲主义"信徒之手。"苏菲主义"又称"苏菲派"，是萌芽于7世纪末、8世纪初的一个伊斯兰教神秘主义派别，从10世纪也就是阿拔斯王朝中期起走向成熟，到12世纪已经发展成为一个具有重大影响的教派。"苏菲主义"是在"苦行"的基础上接受了基督教、诺斯替教、新柏拉图主义、波斯和印度宗教等外来思想而形成的教派，它是"苦行"理论化的结果，而"苦行"是它的前身。

所以，"苦行"和"苏菲主义"既有内在联系，又是互相区别的。在"苦行诗"和"苏菲诗"里有许多共同的内容，但二者也有区别。简单地说，我们将在伊斯兰教正统教义的范畴内"反世俗"的思潮称为"伊斯兰苦行主义"，而"苏菲主义"则是由"苦行"体验转向理论思考而形成的完整意义上的神秘主义教派，其与伊斯兰教正统教义已有很大分歧。本书讨论的"苦行诗"与宣扬神秘主义的"苏菲诗"有很大区别，当然，二者在某些内容上又非常接近。

第三章　唐宋代：繁华盖世与 "出家诗"奇兴

绪　言

起自 618 年、止于 1279 年的唐宋两代（包括五代时期），是中国古代文明史上最辉煌的时期。虽然经历了朝代更迭，但总体来看，这一时期应是中国古代国力最强的时期，尤其是唐代"贞观之治"到"开元盛世"的一百年。

对比同时期的西方世界，中国的科学文化更是遥遥领先，这种情势持续了一千年之久。这一点是普天之下的学者（包括西方学者在内）概不否认的。当时中国这种繁荣昌盛的国势，只有阿拉伯的阿拔斯王朝堪与其匹敌。那么，在如此繁荣盛世，何以会有"出家诗"风行一时呢？

说到底，"出家诗"就是指那些具有佛教意味的或是阐明佛理，或是表达宗教感情的诗歌。所以说，唐宋"出家诗"与佛教是密不可分的，这一点与"苦行诗"和伊斯兰教的关系是相同的。虽然伊斯兰教并不鼓励出世，未直接号召"苦行"，但它对尘世的轻视和对后世的颂赞自然会导致虔信者的出世倾向和"苦行"行为。而作为一种以出世、解脱为宗旨的宗教，佛教理所当然地会明确提倡出世之说。

中国自古以来就有厌世之思想，但"总体上说基本止于老庄'骑牛出关'和'鹏飞九天'之类的遁世理想，更浅一层的则比如孔子'道不行则乘桴浮于海'，这种因失意而自我安慰的肤浅形式，从根本上缺乏彻底否定现实世界,大胆追求精神解脱的心理建构和思想旗帜"(《佛教文化百问》)。所以,"苦行"行为在中国上古时期几乎无处寻觅。只有在佛教传入中国以后,"苦行"行为才逐渐在中国发展起来。

古印度是佛教的故乡,在公元前 6 世纪前后,由释迦牟尼开创了佛教。在第一章里,我们已经讲述了上古时期古印度的状况,以及由于种姓制度的不平等引起的社会动乱。在诸多反对种姓制度及其哲学基础婆罗门教的思潮中,佛教显示出了它的征服力,它"支持种姓平等思想,这使它顺应社会历史向前发展的要求,并为最大限度地广泛吸收信徒开了方便之门"(《佛教文化百问》)。佛教以"无常和缘起"思想反对婆罗门教的梵天创世说,以"众生平等"思想反对婆罗门教的种姓制度,因此很快流行开来。

佛教的基本教理有"四谛""八正道""十二因缘"等,主张依经、律、论三藏,修持戒、定、慧之学,以断除烦恼得以成佛为最终目的。"四谛"是:"苦谛"——人的一生沉溺在苦海里,没有丝毫乐趣,而不灭的灵魂在生死苦海中流转不息;"集谛"——招感人生苦果的业因;"灭谛"——断绝业因与烦恼,而达到"寂灭为乐"的涅槃境界;"道谛"——达"涅槃"境界之道,必须修成正道,才可达清凉安住的地位。这就是佛教出世说,或出世的佛教的理论依据。

佛教在印度本土发展了 1800 多年,到 13 世纪初急剧衰落并几近消失。在这 1800 多年间,佛教经历了原始佛教、部派佛教、大乘佛教、大乘密教等阶段。在这个发展过程中,佛教的教义内容不断变化更新,越来越复杂、精细、成熟和完善。但同时,佛教也越来越脱离广大普通信徒,最终走到了自己的反面。而在印度的周边国家之中,佛教却同当地的本土文化互相融合,从而有了更强大的生命力,至今仍活跃在亚洲的广大地区,成为世界三大宗教之一。"出家诗"即是佛教东传在中国文学领域产生影响的结果,或者说是佛教在中国文学中的表现。

这一章里,我们将要着重谈谈佛教在中国流传扎根的情况,以及佛教对唐宋"出家诗"的影响。第一节"佛入汉土探因",将谈谈佛教东传进入中国的历史契机和文化内因；第二节"唐宋佛教与'出家诗'"，主要讨论唐宋两代佛教兴盛与"出家诗"流行的关系。

第一节 佛入汉土探因

佛教之于中国与伊斯兰教之于阿拉伯是全然不同的两回事。伊斯兰教是在阿拉伯的土地上、人群中由阿拉伯人创立的土生土长的阿拉伯的宗教，而佛教却是在古印度由古印度人为古印度民族创立的宗教，对中国人来说是"进口货"。然而，这"进口"的宗教尽管几度兴衰，最终却深深扎根于中国社会并影响至今，这里面是有深刻原因的。

我们先来考察佛教初入汉地的历史契机。一种宗教的诞生和传播大都是与当时当地的社会、文明发展分不开的，正如伊斯兰教在阿拉伯的诞生和传播、佛教在古印度的诞生和传播一样，并非所有应运而生的宗教都能流传甚广。几千年来，人类历史上出现过的宗教数不胜数，但只有佛教、伊斯兰教、基督教最终生存下来并发展壮大，成为世界三大宗教。其他那些大大小小的宗教，要么消亡了，要么被同化吸收了，要么仅剩很小一点地盘，信徒也为数不多，更谈不上有世界性的影响。这种结果，是由历史、地理、经济、政治、文化、心理、民族、风俗等各种复杂的因素造成的。具体到佛教初入汉地，则有其特殊的历史契机。

扶植佛教的印度孔雀王朝阿育王派使者在境外传播佛教时，我国正处秦汉盛世。史传公元前 2 世纪，佛教传入西域于阗。而当时"今文经学"（解释用隶书写成的儒家经书中的"微言大义"之学）盛极一时，统治阶级无须借外来"异端"以治内邦。所以，当时汉地即便有个别人士传播佛教，也没能形成什么气候。

而从西汉末年至南北朝的五百年间，由于地主阶级对土地无限兼并、割据，豪强争夺朝廷霸权、战祸不断，广大人民穷苦无告、纷纷起义，中央集权逐渐瓦解。从朝廷到百姓普遍感到朝不保夕，开始寻找解脱之路：

　　而此时的思想意识领域，汉儒章句之学一乱之于谶纬神学，再乱之于玄学。魏、晋之际，承汉末社会大动乱之后，儒家那种大一统的思想统治受到严重冲击，学术思想界也出现了比较自由的局面。正是在此期间，一种外来的宗教——佛教东传，它给中土带来了一股强劲的新的思想文化潮流，给当时的中国知识界以很大震动。(《佛教与中国文学》)

　　除了思想界、知识界，佛教对宫廷和民间亦产生很大影响。特别是初期小乘佛教的"业感缘起""因果报应"等说法，满足了一部分人厌乱求生的迫切愿望。统治阶级无分南北，都想利用佛教作为逃避现实、笼络人民、瓦解农民斗争的工具。而被统治阶级除了起义反抗之外，也要求有某种精神上的安慰，把对美好生活的希望寄托在来生后世。处于"中间地位"的知识阶层则从佛教中挖掘出"为我所用"的精神武器，佛教对中国的"文化渗入"从此便大规模发展起来。这可以说就是佛教入华的历史契机。

　　如果说上述历史契机并不能解释如下的情况：佛教在儒道两家盛行不衰的中国大地持久地存活下来，并形成一种独立的文化势力，在唐宋时期发展到极盛，后来虽历经兴衰，却始终扎根在这块土地上，至今还在影响着国人的思维、性格、文化、生活，那么其更深层次的原因又在何处呢？我认为，在于中国文化与同样古老、同属东方的印度文化的契合。

　　剖析任何一种宗教，我们都可以看到，一个民族的宗教与其文化、传统、心理气质都有着一定的联系。宗教在不同民族之间的传播，必然会带来不同文化的交流。在外来宗教文化与本土文化的接触中，自然也会有不同文化相互排斥和融合的现象产生。通过这种接触和交流，外来宗教文化能在一定程度上改变自己的面貌，从而在新的文化环境中生存发展下去，本土文化则能根据自身发展的需要接受并消化外来宗教文化的某些因素。佛教入华并在中国生根的过程，就是这种文化交流的过程。

　　在谈论佛教文化与中国传统文化的关系时，过去我们往往更看重两者之间的差异。所谓"三教之争""三教合一"的说法，都是源于这种看法。两者之间的差异是必然存在的。

前面提到，中国古代思想界并无太强的出世传统，也就是说，中国传统文化是以入世为主的。始终占据中国思想文化统治地位的儒家学说的价值取向与佛教恰恰相反，是入世的，这就决定了佛教中必然有中国传统文化中缺少的异质文化，我们特举几例以说明：

第一，"神不灭论"与"长生不老"。佛教主张灵魂不死（神不灭），这是儒道两家始终没能完全解决的问题。即便是方士、道士的"长生不老"之说，也终因在现实中极易被戳破而难以令人信服。而佛教的"神不灭论"，似乎更能满足人们对"永恒"的希望。

第二，"涅槃境界"与"彼岸世界"。儒家对死后世界一直是存而不论的，道家则持超凡脱俗的出世之说，对后世没有一个清晰、完整的描述。而佛家宣扬靠修行即能寂灭一切烦恼和圆满一切清净功德，达到自在无碍的最高境界，这样的理论清晰明了、高度抽象。

第三，"因果报应"与"富贵在天"。在解释现实世界中种种不平等的现象时，佛家似乎也有高出一筹之处。孔子的学生子夏说"死生有命，富贵在天"，但"命"和"天"究竟指什么，他并没有明确交待。而佛家开门见山，直截了当地回答："有道，虽死，神归福堂；为恶，虽死，神当具殃。"把现世的祸福、贫富统统说成是前世之缘，且现世的善恶德行在来生将有报应。

第四，"雅俗共赏"与"专家之学"。儒家学说偏重理性，发展到后来几乎变成了少数文人研究的对象，成为上层统治者统治广大人民群众的工具，这与孔子"民可使由之，不可使知之"的思想不无关系。而佛教既有精密的理论逻辑论证，又有神学信仰上的宣传，上可满足知识分子陶冶性情、修身养性之愿，下可满足广大信众寄托希望之用。

当然，佛教也有与传统的儒道两家相悖之处，所以才有了"三教之争"的长期历史。那么，为什么来自异国他乡的佛教在中国的传播虽几经受阻，但始终未彻底灭绝，反而终于赢得了一席之地，与儒道两家鼎足而立，最后以平等的一家之说的地位换来了"三教合一"的局面呢？这里面必然有着更深层次的原因，也是以往常被忽略的原因——中印两大民族共同的封闭内省的文化心理特征。

佛教是以释迦牟尼静坐冥想的形式问世的，他没有仰望天穹、企盼天启，而是省视自己，以求感悟领会解脱之道。

尽管印度民族中很重要的一支与注重理性思辨的希腊人有同一个祖先，但由于后来的生存环境不同，他们形成了与希腊人截然不同的民族性格：

> 他们居住在恒河、印度河流域，大自然的供给对他们来说并不太吝惜，但对他们的寿命却是一个威胁。炎热的气候，多发的疾病，使他们对自然的恐惧和祈求更多地转向了生命的永恒这一方面，他们希望永恒的自然与人的有限生命合为一体，希望人的精神能与肉体分离，与尘世分离，在永恒中得到解脱。因此，他们重视的是精神生命的永恒和神秘的解脱，他们不大去考察自然与社会的结构、成分与奥秘，却更多地在生命、精神、永恒与短暂、有限与无限等问题上沉思。因而他们的艺术往往表现的是天堂的幸福、神灵的欢乐、尘世的苦难和神秘的启示，他们的思维方式更多地偏向于人神之际沉思默想的契合，即单纯的沉思。他们往往在自己的直觉里寻找推理的依据，而不是在外部世界客观事物本身的逻辑层次上来分析、推理、判断，他们往往只相信直觉的感受，而不像西方人那样怀疑自己的直观确定性。因此，他们往往把属于不同范围、不同世界的各种事物等同看待，在自己的直觉中寻找它们共同的终极本原。千百年来，无数哲人都把他们的智慧与精力耗入了这种完全封闭性的内心反思之中。[1]

中华民族的文化心理特征与印度民族十分接近：稳定、内向、封闭、保守。自从周朝在黄河流域建立起了以农业为基本生产形式的社会后，中华民族的这种文化心理特征就大体形成了：

---

[1]　葛兆光：《禅宗与中国文化》，上海，上海人民出版社，1986。

我们知道，黄河流域土壤松软肥沃，面积广袤、草木丰盛，以农为主的民族本身由于生产、居住条件的稳定，性格不像游牧民族那么剽悍，感情不像游牧民族那么奔放，他们活动范围较小，乡土意识浓，因此养成了喜欢平稳、趋向和谐的心理习惯，对自然力的恐惧较少，又使他们的文化里现实与理性的因素较多。同时，西周之后，金字塔式的封建等级结构在血缘亲疏远近的基础上建立起来了，周朝统治者以"和谐"为中心的封建礼制规定了每个人在这座金字塔中的位置，形成了上与下相维、王与民相依、天与人相应的伦理观、政治观与世界观的三合一观念体系，也进一步推动了这种追求和谐、稳定的心理结构的形成。①

同时，中华民族传统观念中"直观外推"（由一点向不同领域、不同范畴扩展）和"内向反思"（从不同领域、不同范畴的现象上溯至一个共同的本原——伦理）的思维方式，又使中华民族养成了在一个有序的统一框架内进行半封闭式观察与思考的习惯。

我们暂且不去评价这种文化心理特征的优劣，在此要解决的问题只是佛教在华传播的原因。正因为佛教这种注重内心修养的性格特征与中华民族内向、克制、封闭、善思静观的素质十分接近，它才得以在中国这片广袤的大地上生根、开花、结果。

当然，共同的文化心理特征只是佛入汉土原因的一个方面、一个角度，绝非问题的全部。而且即使仅就这一点来说，我们也只是点到而已，并未展开，因为那已不属本书的范畴。

第二节　唐宋佛教与"出家诗"

佛教自东汉正式传入中国境内之后，经三国、两晋、南北朝及隋代的传播、发展，由初期的"异端外教"变化成为自成一体的"中国化佛教"，几经风雨，几度春秋，终于在唐宋两代达到极盛。

---

① 葛兆光：《禅宗与中国文化》，上海，上海人民出版社，1986。

　　除了上一节说到的一般性原因外，这里面还有一些特属唐宋两代的具体因素。

　　第一，帝王信佛，佛教大兴。

　　作为东方古文化的一支，佛教与王权、政治从来没有完全对立过。相反，佛教总是依赖当地政权的保护发展壮大自己，这是整个东方佛教文化圈的突出特点。

　　经历了近六百年的发展变化之后，佛教已经在中国深入人心，帝王中即使是有灭佛之心的，也碍于"法不责众"而不敢轻易下手。所以，大多数帝王采取了利用、限制佛教的政策，既保护自己，又不失民心。比如在唐代帝王中，有的利用祀佛求福为自己的统治权力制造神秘气氛（唐高祖），有的利用武装僧人（唐太宗），有的则利用佛教教义作为篡权夺位的理论根据（武则天），等等。在帝王的大力扶植之下，佛教大大发展起来，"从帝王、贵族公卿，到普通老百姓，全社会崇佛，如醉如狂；梵诵之声，沸聒天地，街东街西讲佛经，撞钟吹螺闹宫廷"（《佛教文化百问》）。在"王公百辟，法俗黎庶，手舞足蹈，欢咏德音，内外揄扬"的盛况之下，许多士大夫把"选佛"与"选官"等量齐观，敬佛不再是一个简单的宗教信仰问题，而成为仕途的门径。

　　第二，佛典翻译，影响深远。

　　佛教传播除了具有"文进"而非"武攻"的特点外，采用当地语言传教也是其一大特色。采用当地语言传教自然不只是简单的变换语言的问题，还创造了文化心理认同的氛围，这也是佛教取得成功的一个重要因素。到唐代，印度佛教经典特别是大乘佛教的精华已基本上完整地移入中国。一方面，佛典的传入使得以出世信仰为旗帜而彻底地全盘否定客观世界真实性的思维方式和逻辑理论为中国传统文化带来了以往不曾有的气质，从而被中国知识界欣然接受；另一方面，佛典的精密义理、恢宏想象及华美表现亦使中国文人深受浸染，而且佛典富于幻想色彩，多用譬喻的生动手法，也使下层人士易于接受。

　　佛典是各部佛经的总称，从东汉永平十一年（68年）到元至元二十四年（1287年），汉译佛典数量达1644部、5586卷。规模如此庞大的著作绝非一人一时所译，而是各教派不断产生、创造出的经典逐渐叠加而成的。佛典汉译的过程，就是中国佛教各教派形成、发展的过程。

到了唐代，中国佛教各教派大致发展成熟，形成了一个教派林立的壮观局面。各教派互相对峙、互相争论、互相学习、互相吸收的过程，促进了佛教理论本身的不断深化，也进一步加深了佛教中国化的过程。

第三，禅宗"顿悟"，投合人心。

唐宋佛教教派里，影响最大的要数禅宗了。禅宗是因主张用禅定概括全部佛教修习而得名的，主张"不立文字，教外别传，直指人心，见性成佛"。禅宗用此等通俗的修持方法和灵活变通的哲学体系取代其他各宗的烦琐义学，因而流行日广，影响遍及社会所有阶层，直到近代也没有中断过。主张"顿悟"的南宗禅更是投合了广大士大夫的心理需要，"穷则独善其身，达则兼济天下"向来是中国士大夫人生哲学的基础。

当社会、时代给士大夫创造了进取的条件，提供了满足外在的理想追求和内在的欲望之可行路径时，入世的儒家人生观便占据了主导地位；反之，安史之乱那样的社会现实粉碎了士大夫们的入世之梦后，他们便会在出世哲学中寻找安慰。但中国士大夫从来不曾了断"尘世之念"，"兼济天下"与"独善其身"始终在他们心中并存。南宗禅虽也讲禁欲主义，但并不严格，相反，它既不坐禅，又不念经，只要顿悟本心，便可以"逢缘对境，见色闻声，举足下足，开眼合眼，悉得时宗，与道对应"（《大正藏》53卷）。对此，士大夫当然乐意相从：

> 禅宗在中国传统文化许多领域里都形成了有特色的文化积淀。在思想史领域与宋明理学、心学渊源甚深，在文学艺术园地开拓独到的审美意境……可以说，作为汉地土生土长的产物，没有禅宗，就没有汉地佛教文化圈今天的面貌。（《佛教文化百问》）

　　禅宗的流行足以说明，佛教传入中国是中国传统文化自身发展的结果。而佛教在中国大地上流传的过程，也是一个与中国早已高度发展的本土文化互相融合、互相吸收、取长补短，从而创造一种新型文化模式的过程，禅宗的创立本身就是一个强有力的例证。也就是说，一种异质文化必然要与本土文化经过上述过程，才可能在异地生根、开花、结果。所以，尽管印度的佛教最初对中国人来说是异端，但经过这一过程之后，佛教已成为中国本土文化的一部分，而且还是非常重要的一部分。

　　第四，国力鼎盛，促进思辨。

　　释迦牟尼创立佛教是他苦行六年之后又在菩提树下独坐冥想顿悟的结果，这就决定了释迦牟尼的思想是以出世为起点的。所谓出世，乃是对于“世间”——人类社会传统价值体系的彻底否定与背离。就当时具体情况来看，是对婆罗门专制统治的否定和背离，而从更广泛的意义上来说，则是对于人类一切苦难的根本思考。释迦牟尼抛弃深宫中的生活，出家寻求人世苦难的解脱方法，是在公元前6世纪时。而人类在那个时代已经能够从人与自然、人与人的紧张斗争之中获得些许余暇，以超乎一切现存价值体系之上的态度从根本上关心人世苦难，思索其根源和出路。所以，释迦牟尼的出家已是人类文明发展的结果。

　　出世佛教在中国唐宋大盛，除了统治阶级把它当作政治工具运用之外，思想界对人生的探索趋向僵化，知识分子希望另谋出路也是一个重要原因。唐宋盛世，物质文明空前丰富，精神文明也蓬勃发展，于是出现了一个不须多虑柴米油盐的士大夫阶层。面对这个既引人入胜、使人尽享欢乐，又常广播哀怨、扑朔迷离的“花花世界”，他们已经不满足于儒道两家的探索成果，而要获得一种新解。这时，佛教的“业感缘起”“因果相续”等哲学思考便成为他们思考人生的一个新角度、新视野。在他们那里，与其说是佛教信仰令人耳目一新，不如说是佛教哲学令人倾心。试想，没有发达的文明，便不可能有这令人性迷失的“花花世界”，也就不可能有贫富分化、争权夺利、政治失意等令人困惑的现象。而没有养尊处优的士大夫阶层的出现，也就没有上述深刻的思考。因此，出世佛教便得以在这繁华盛世大大发展起来。

对于释迦牟尼的出家，唐宋大兴出世佛教，还有前几章我们曾谈到的形形色色的"苦行"行为，到底应该如何评价？我们在这里似乎还不能下结论，这也不是本书所要解决的问题。但有一点我们可以肯定：纵观人类文明发展史，"苦行"行为无疑是文明发展的一种"异化"现象。也就是说，这种行为起源并分裂于发展了的文明自身，与文明发展的价值取向背道而驰。凡是"苦行"之人之说都是否定现世的，也就是否定一切文明成果、一切价值体系、一切世俗愿望和欲念的，把希望寄托于所谓的"来世"。这就决定了"苦行"行为说到底是对人类文明发展的一种阻碍、一种消极的反对力量。但具体到每个时代、每个民族、每一种"苦行"行为的产生和发展过程，我们又不得不承认它总是带有某种进步意义和价值，无论对社会现实还是思想文化都起到过进步的作用。这就是"苦行"这种"异化"现象的积极与消极的辩证色彩，也体现了其与文明之间复杂的辩证关系。

"宗教文化在东西方从来都是培育文学艺术的温床。"（《佛教文化百问》）那么作为中国宗教文化中发育得最充分的一支，佛教文化对中国的文学艺术必然会产生深刻影响。自东汉传入中国后，佛教的思想、观念和取材、表现方法、语言等都对文学（包括诗歌）产生了重大影响。六朝时，就已有了谢灵运、支遁、慧远、王融、沈约等人所写的赞佛、咏怀、佛教仪式、游山拜佛等题材的五言古诗。

唐宋时期是佛教在中国发展的繁盛期，也是佛教思想与中国传统文化进一步融合并创造出新的成果的时期，因此佛教对于文人与文学也就有了更加巨大的影响。帝王们大力提倡佛教，在社会上形成崇佛风气，以致僧侣权势大增。不少所谓名僧、高僧并不自视为出家人，别人也不把他们看作"方外之人"。他们不以隐居山林、礼佛诵经为尚，而是广泛参与社会生活。不少僧侣还附庸风雅，常常出入文人圈子，所谓"诗僧"就是披着袈裟的诗人。而文人们也希冀以敬佛而入仕途，于是外服儒风，内修梵行。而更多的士大夫则是受到环境风气的浸染，与僧人来往甚密。

　　唐宋两代，佛教各教派与其他宗教、学说的辩驳论争使佛教理论思想进一步发展，形成了精妙严密的理论体系，吸引了那些困于儒家、泥于章句而不得出路的文人。如果说六朝时期文人们对佛教教义的理解流于空疏肤末，多是在作品中浅薄地敷衍教义乃至搬演鬼神灵异故事，那么到了唐宋两代，文人们研习佛理便已成风气。他们对于佛教的理解不再只是掇拾故事、玩赏概念，而能在宇宙观、人生观、认识观等根本方面对佛教义理进行深入的理解与发挥。影响最深的禅宗把佛教的心性论与中国知识分子的人生理想、处世态度结合起来，将般若空观向泛神论方面发展，给中国文人开创了一个似乎更理想的精神世界，所以，唐宋两代文人习禅蔚然成风，"出家诗"就是在这样一种历史氛围中大大发展起来的。

　　唐代是中国文学特别是诗歌高度成熟的黄金时代，这同阿拔斯王朝是阿拉伯诗史上的鼎盛时期一样，都是当时的社会基础和历史条件的产物。凭借佛教与诗歌大盛的基础，"出家诗"自然也有了优厚的发展条件。

　　第一，汉译佛典本身就是韵散结合的文体，先以韵文立论，后以散文释义。因为佛教初传时还是以口头形式为主，而韵文较散文上口、更易记忆，于是便成为传教的主要文体。不仅佛教如此，古代的各地区、各民族都大多以韵文记事、抒发情思、阐明理志，伊斯兰教的《古兰经》也是用一种特殊的韵体写成的。而唐宋两代诗歌流行、诗人众多，连统治者也多爱好诗歌，那么对唐宋两代的诗僧来说，以诗议佛、赞佛就完全不是旁门左道，而是驾轻就熟的。诗僧作诗，大多出自信仰需要：或是自证，即讽咏自己悟境；或是示众，即启示后进大众；或是自证、示众兼有。仅《唐诗类苑选》中的诗僧就有 14 人之多，如寒山子、拾得、皎然、贯休等。

　　第二，上文已述，唐宋佛教大兴，禅风尤盛，诗人与僧人过从甚密，所以"出家诗"在唐宋两代极为兴盛。"唐宋代诗人有数千之多，其中多数诗人是了解佛教的"（《中国佛教文学》），如王维、柳宗元、白居易、孟浩然、韦应物、苏轼、王安石等。

第三，在上文一再提到的那种历史氛围中，唐宋的诗人、文人难免会受其影响，自觉或不自觉地在诗文中留下佛理、禅机的痕迹。他们或是因一时感悟而发，或是本来就儒、释、道兼收并蓄，或是以佛门思想阐发文义，或是借禅宗理趣浇心中块垒，等等。这样，写过"出家诗"或"出家"诗句的诗人就堪称不计其数了：李白耽道，却也偶拾几句"出家"言论；杜甫崇佛，则不免时时"泄露"禅机；就连反佛最激烈的韩愈，也在不自觉中偶入"空门"之境。

第四，佛教在中土扎根，其原因不仅有官府相护、文人倾心，更重要的还是它深入浅出的教义赢得了广大民众。文化素养不及文人的芸芸百姓，虽然不像文人士大夫那样偏重佛教哲学、探索佛教义理，但也有民间的信仰方式和教法教理。在民间流传的讲经布教、赞佛颂佛的歌谣俚曲，也构成了"出家诗"中不大不小的一股潮流。

佛教尤其是禅宗对诗歌的影响，还突出体现在"出家诗"的创作方面。"出家诗"的意境、格调、用词、着色都有其不同凡响之处，这一点我们将在下文中阐述。此外，对于唐代一般诗歌的创作，佛教尤其是禅宗的影响也非常明显，"在扩大和提高古典诗歌的题材、境界，以及语言、格调方面，都显出新的精神面貌，使诗歌创作能于玄言、山水、田园之外，推向理趣的新境界。"（《佛教与中国传统文化》）同时，佛教、禅宗在诗论、诗评等美学领域也颇有影响，"以禅喻诗"之说的流行就是突出的一例。

上文已经说过，本书的主要目的并不仅仅是分析"苦行诗"和"出家诗"本身，而是希望通过分析、比较这两种诗对人类"苦行"现象的来龙去脉、产生契机、发展规律有基本的认识。所以，本书用了将近五分之二的篇幅分析、探讨"苦行"现象及"苦行诗""出家诗"产生、形成和发展的脉络，并提出了自己的看法。

从下一章起，本书将对"苦行诗"和"出家诗"的内容和艺术特点进行分析比较。前面这些背景材料的铺垫，对我们理解和把握后几章的内容会有很大帮助。

第四章 阿拔斯"苦行诗"内容剖析

绪　言

我们在第一、第二章里已经大致了解了"苦行"行为产生的原因及阿拔斯"苦行诗"兴盛的原因，从中我们已经能够推测出阿拔斯"苦行诗"应该包含哪些内容。

"苦行"是当文明不能完全满足人类精神、物质需求时产生的一种与文明分离甚至站在其对立面的社会现象，这种现象产生于发展了的文明，而反过来又抛弃文明。它是对文明发展的一种阻碍，但有时又从反面修正了文明发展的方向，对文明发展起到了某种积极的作用。

具体到阿拔斯王朝，当时其物质文明和精神文明都居世界前列。但伴随着文明的进步，人的欲望也急剧膨胀，于是权势之争此起彼伏，同室操戈屡见不鲜，民族矛盾日见公开，贫富分化愈发明显。精神文明的高度发展使人的头脑开化、复杂，各民族优秀文明成果的融合使思辨之风骤起，民众不再满足于不假思索地虔信宗教，转而对凡事要问个为什么，要求得出某种符合理性、逻辑的结论，而物质文明的发展又为这种思辨、推理提供了保证。在这样一个时代里，一些有识之士便开始深入探讨人生的真谛，用理性、成熟的眼光看待周围的世界与人生。于是，他们透过浮华俗丽看到黑暗混乱，透过欢歌笑语听到痛苦呻吟。这些现象使他们清醒，同时又使他们困惑。时代的局限使他们得不出恰当的结论，也找不到治病的良方，于是他们便走上了与尘世浮华决裂、实践"苦行主义"的道路。

与此同时，还有不少虔信者、失意者、穷困潦倒者走上了这条道路。由于每个人的具体情况不同，每个"苦行"者的出发点、行为方式、思想方法、思考内容都不尽相同。"苦行诗"作为这些形形色色的"苦行"行为的咏叹调，也必定是名目繁多、各自有异的。在这里，我们只能择其要目简单道来。

纵观阿拔斯"苦行诗"，其内容大致可以分为以下三方面。

第一，出于对伊斯兰教信仰的虔信，主张抛弃尘世生活。

伊斯兰教有六大信仰：信真主、信天使、信经典、信使者、信前定、信后世。而我认为，伊斯兰"苦行"者主要是出于第一个和最后一个信仰才走上"苦行"道路的。按照伊斯兰教的说法，真主在尘世之后设置了永恒的来世，在尘世虔信主、敬畏主而不为浮华障目之信徒可在来世享受永恒的幸福，而恋尘世、忘敬畏、不思悔之人将在火狱里遭受永无休止的痛苦。真主是万能的、全知的、明察秋毫的，人生在世的一言一行都被凡眼不辨的天使记录在案，末日审判时真主依此清算总账，绝无可能侥幸逃脱。要想取悦真主以赢得后世幸福，只有在尘世克己节制、一心敬拜真主一途。

这类诗歌一方面要剖白自身信仰之坚定、纯洁，以期获得真主的喜悦，另一方面也许是更重要的，就是要警醒那些违背伊斯兰教教义、不顾末日审判而一心贪恋尘世权财之人。

第二，出于对尘世的哲学思考，主张抛弃物质享受。

如果说第一类"苦行诗"是出于对末日审判及后世火狱的惧怕而创作的，那么第二类"苦行诗"的创作动机便是对尘世种种现象的哲学思考。

这类"苦行诗"的作者根据自己的经历和对周围世界的深入观察，看清了被尘世浮华掩盖的社会黑暗面，经过思辨、推理得出尘世不足信、物质不可求的悲观结论，这就是所谓"看破红尘"。同时，这些"苦行"者又感受到自己的精神生活是独立于物质生活的，一个人可以避开物质世界而逃遁到精神生活中去，求得心灵的清净和满足，这就是所谓"心远地自偏"。

所以，在这些"苦行"者看来，只要把持住自己的心，不受尘世污染，戒绝各种世俗情欲，就可使自己的心灵、精神在尘世获得升华。这一点是与包括佛教在内的许多宗教的"心性论"相近似的，因此出于信仰的"苦行"观留下了大量剖白信仰、倾诉衷情、表示顺从、乞求宽恕的诗篇，而出于思辨的"苦行"观则留下了大量剖析尘世、鄙视肉欲、宣传心理训练以求拯救心灵的诗篇。

出于思辨的"苦行"观并不太在意来世，不期待以今世"苦行"换取来世的荣华富贵，更重视今世的心灵解脱。而在"苦行"诗人眼里，要达到心灵彻底断念的境地，没有"苦行"行为是不可能的。他们所主张的"苦行"行为并不是为了取悦真主，而是心理训练的一条必由之路。只有远离人群、闭门思过，才能"眼不见，心不烦"。而且，只有最大程度地禁欲，才能实现心灵上的纯净。实际上，也只有远离尘世的喧嚣和滋扰即"清心寡欲"之时，才有可能深入地进行哲学思考。但是，这种思辨的"苦行"观并没有脱离伊斯兰教的信仰，伊斯兰教关于尘世与来世的教义仍是他们思辨的前提。

第三，无论是出于信仰的"苦行"观，还是出于思辨的"苦行"观，都有一个共同的前提，即对现实的不满。

"苦行"诗人们面对现实中的腐败、丑恶现象，产生一种警世、醒世的责任感，但囿于时代的局限，他们还找不到一条社会改革的途径。于是他们认为，只有在"苦行主义"的旗帜下用信仰或思辨的方法向那些沉湎于尘世欢乐、追名逐利、争权夺势、道德败坏的人发出警告，让他们猛醒，才能根除社会病根。所以，除了剖白信仰、阐发哲理之外，他们还有大量的作品是揭露社会黑暗、讽刺丑恶现象、正告与劝诫迷途之人、阐明"正道"与行为规范的。

在我看来，这一部分诗篇应该说价值更高。说到底，这些作品是对社会黑暗的一种公开反抗，它们的出发点并不仅仅是寻求个人的解脱，而是着眼于全社会甚至全人类。这些诗篇里的"苦行"已不再是一种思潮，而是作为一种行为规范登场了，它的实践性、现实性更显强烈。我认为，封建社会中的这些"苦行"者无疑可称为"民主的斗士"，虽然他们最终没有找到解决问题的正确方法，但他们的行为和言论都深深触动了封建统治的根基，这无疑是一种进步的动力。也正是基于这一点,长期以来"苦行诗"才得不到官方的青睐和保护,以至于至今还未得到应有的对待。本书对阿拔斯王朝"苦行"行为及"苦行诗"大流行的原因分析,对理解这一点是有帮助的。

综上所述,出于信仰、出于思辨、出于现实的阿拔斯"苦行诗"在多样化的"苦行"行为基础上得到了丰富多彩的发展。在这一章里,我们将分三节分别论述上述三种"苦行诗"。

从这三种"苦行诗"中,我们可以看到在阿拔斯王朝繁荣、发达的背后,还有着黑暗、腐败的一面。这在阿拔斯王朝的其他诗歌门类中是不多见的,而这种与文明发展结伴而至的对立现象正是"苦行"行为产生的直接原因。我们还可以看到,不同的"苦行诗"都体现了一个共同的时代特征——"思辨"的特征,这是阿拔斯王朝各种不同文化融合的结果。尤其是古希腊思辨哲学的大量涌入,引起了文化融合过程中的争论、辨析。这一切都使阿拔斯王朝的人们的头脑更具思辨推理的能力,而"苦行诗"是这种能力的最好见证。

第一节　剖白信念

伊斯兰教最基本的信仰有六条:信真主、信天使、信经典、信使者、信前定、信后世。使者、经典都是实实在在的人和物,而真主、天使、前定、后世则需要有一定的想象能力、抽象能力、推理能力才能理解并相信。正是因为需要想象、抽象、推理,这几条信仰才更有神秘感和威慑力。当初穆罕默德传教时,正是希望借助对真主万能和末日审判的宣传在人们心中播下敬畏的种子。

信真主,即相信真主是宇宙万物的创造者、恩养者和唯一的主宰,是全能的、全知的,其至仁至慈、无形无相、无所在又无所不在、不生育也不被生育、无始无终、永生自存、独一无二、实有超然(《伊斯兰教文化百问》)。

既然真主是宇宙万物的创造者,那么"世间一切事物都是由安拉预定安排的,不仅人们的富贵贫贱、吉凶祸福、生死寿限、美丑善恶等皆由安拉的意志决定,即使自然界的风雨雷电、四季变化、山川草木、日月星辰、宇宙循环等也统统服从安拉的意志"(《伊斯兰教文化百问》)。这就是所谓"前定论",信前定就需服从、知足,因为人自身是无法改变一切的。但"前定论"并不否认人类有自由意志,"人类可以运用自己的理智判断善恶,选择信仰;每个人都要对自己的言论、行为负责,这是由于真主要他如此"(《伊斯兰教文化百问》)。

真主给人类的这种选择善恶的自由是有限的,是为了考验人类的判断力和意志力。所以真主创造了两个世界:今世(现世)和来世(后世),把人类放在现世的欢乐与痛苦、富贵与贫穷中去经受考验。虔敬真主、终生行善之人可以在后世永居天堂、享受永恒幸福,而信仰不诚、现世作恶之人将在后世永居火狱、遭受痛苦。

所有人都注定要经历现世和后世,总有一天,世间一切都会死亡和毁灭。在由真主决定的世界末日这天,真主将使一切人复活,并对他们在现世的行为进行总清算、总裁判,任何人都无法逃避末日审判。人生在世时做的一切事情都由天使记录在案,真主对此了如指掌,侥幸逃脱的可能性是没有的。

作恶多端又不思改悔者,必定要下火狱。火狱是一个"充满烈火的火海,下火狱者颈系枷链,身穿火衣,含饮苦果与滚水,受尽各种痛苦和折磨"(《伊斯兰教文化百问》)。

相反,虔信者会进入天堂,"天堂是一个有树木、河流、泉水的美丽花园,居住在其中的人享用美味鲜果和饮料,穿华丽的盛装,睡舒适的床榻,有漂亮的少男少女相伴,生活无忧无虑,人们互道安宁平安,尽情享受真主的各种恩赐"(《伊斯兰教文化百问》)。

信仰这一切,便是"信末日审判,信后世永恒"。而在阿拔斯王朝这样一种特定的环境里,尘世的繁华对信徒的诱惑力可谓极大,不少信徒便忘却了伊斯兰教的信仰,尤其是对后世永恒和末日审判的信仰,拼命追求尘世的荣华富贵,以致为此流血争斗。而且,这种"一切向钱看"的倾向使世风日下、道德败坏。

在这种情况下,出于对真主的末日审判和来世的火狱折磨的恐惧，一些人停留在世间繁华之外，整日礼拜、祷告，以绝尘世之想，试图获得真主的肯定，从而在后世得以顺利进入天堂。而在追名逐利中一败涂地的人，连同始终处于繁华之外的老百姓，则用后世的永恒幸福作为精神寄托，以在别人的大富大贵面前保持心理平衡。在诗歌作为表情达意的主要手段的年代，上述这些信念和思想感情自然会被记录在诗歌之中。

当时的诗作中有对真主的感赞，即感赞真主的伟大，感赞真主能够洞察一切。随之而来的就是对真主的服从，一切服从于真主，一切依靠于真主，对真主在尘世安排的一切表示顺从。诗人对真主倾诉，倾诉自己的信仰如何坚定，或是倾诉自己对真主如何敬畏；诗人也对真主祈求，祈求真主赐予，祈求真主饶恕。还有的诗人在诗中宣传信仰，这不仅是为了向真主证明自己的信仰纯净无瑕，也是对旁人的一种提醒。

"苦行诗"的代表诗人之一艾布·阿塔希亚曾这样赞美真主：

> 伟大真主的全知、唯一、崇高，
> 妇孺皆知，无人不晓；
> 真主崇高至极，无与伦比，
> 独一无二，举世无双；
> 真主知晓一切秘密，
> 洞察一切祸殃；
> 审判之日，
> 他或将对丑行予以原谅。
> 人类的祷告真主全能听清，
> 因为他的门前没有屏障。
> 糊涂的人们啊，
> 还不快快求主鸿庇；
> 马上行动起来，
> 赢得真主的恩赏！

　　艾布·阿塔希亚年轻时也曾风流一时，吟风弄月，出入宫廷，伴君左右。当他得罪主子、仕途无望、疾病缠身、临近死亡时，对末日审判的恐惧与日俱增。他怀着满心的虔信和恐惧，写下了人生最后一首诗：

　　　　主啊，不要再让我受折磨，

　　　　我对毕生所为供认不讳，绝不含糊；

　　　　我别无它路，

　　　　只求您对我尚存好感，——如蒙应允——赐我宽恕；

　　　　您对我有大恩大德，

　　　　我却犯下如此错误；

　　　　如今我手指咬破，牙齿咬碎，无比悔悟；

　　　　人们看我活得自在，其实如无您的宽恕，

　　　　我便是那罪大恶极之徒。

　　和艾布·阿塔希亚有相似经历的，还有阿拔斯王朝著名的咏酒诗人艾布·努瓦斯。艾布·努瓦斯的咏酒诗篇妇孺皆知、脍炙人口，他也因此成为哈里发的座上宾，享尽荣华富贵。可当白发丛生，寿数将尽时，他内心的信仰逐渐强烈起来，从而远离尘世，一心修行。由于深知自身罪孽深重，他恐惧深深、疑虑重重，一方面深信真主是至仁至慈的，另一方面又惧怕自己因罪恶太深而无法得到宽恕。下面这几行诗正表达了他的这种复杂心态：

　　　　我长久贪图享受，导致罪上加罪，

　　　　但愿主能饶恕过去，接受我的忏悔；

　　　　如果我无路可走而悲哀痛苦，

　　　　长期大错特错的我将因此丧命，

　　　　无望得到宽恕；

> 我在恐惧的海洋里彷徨无措，
> 回过味来才想起戒绝恶行向真主悔罪，
> 真主对天地万物的至仁至慈使我醒悟，
> 我便存活下来，诚心忏悔，
> 渴望真主宽恕；
> 我诚惶诚恐地小心进言，
> 充满希望地祈求，
> 祈求消灾避难的真主给我宽恕。

从上述诗文中，我们看到伊斯兰教关于末日审判和后世永恒的教义威慑力极大，就连艾布·努瓦斯这位有祆教信仰经历和"舒欧比亚"主义倾向，一生我行我素、洒脱逍遥的波斯籍花花公子，到了晚年也被这个教义制服，变得俯首帖耳、诚惶诚恐，一心想求得真主宽恕。可以看出，只要是生活在伊斯兰教氛围中的人，不管其初衷、原有信仰如何，都不免对末日审判的严酷心存顾忌。

既然真主是全知全能的、世间事物是前定的，那么除了顺从和听命于真主、满足于真主的分配，即不论贫富贵贱、痛苦欢乐，都相信真主所赐予的是最好的，别无更好的出路。把一切都托付给真主后，信徒的内心才能得到安宁。

艾布·阿拉·马阿里的兄弟穆罕默德·本·阿卜杜拉就曾这样说过：

> 我主张仰仗真主，不得忤逆，
> 我希望获得力量，但不对无能的世人有所指望，
> 当死亡之神来袭，我只求真主庇佑，
> 当感到惊怖胆寒，真主会赐我安全。

最让人感到不可思议的应该算是盲诗人艾布·阿卜杜拉·穆罕默德的一番自白了，他说：

别人说：疾病使你痛失双眼，

原本火花便可治愈，不再受难；

我却说：这是真主对我之考验，

如我坚韧不拔，真主将予我巨大荣耀；

一旦抱怨不安，我将失去神赐，蒙受灾难。

只要忍耐、满足，感谢真主，

既得之物从不改变；

真主创造了万物，美妙无边，

他与残忍、暴虐毫无牵连！

　　这位诗人认为真主创造的连同失明在内的一切都是最美好的，这种"依赖观"已到了登峰造极的地步，也确实带给持此观点的人面对尘世浮华和灾难时安于现状、不贪不奢的心态。由此，诗人还产生了对温饱生活的满足观，他们以知足为武器，不仅希望战胜自己内心的欲望，而且希望以此与唯利是图者进行对抗。在他们看来，知足者虽穷犹富，而不知足者终将由富变穷：

腰缠万贯仍不知足，

要知真主可使你富有，亦可令你困苦；

知足之人，哪怕曾一贫如洗，

真主终将慷慨馈赠予你；

穷愁皆缘于内心贪图，

优裕皆缘于内心知足。

　　这是阿拔斯王朝著名"苦行"诗人麦哈茂德·瓦拉基写的几句诗，诗中反映了诗人以贫为乐、知足常乐的思想，也清楚地说明了他的"苦行"的依据。对真主的敬畏导致这些"苦行"者完全顺从和依赖真主，不仅满足于真主赐给自己的那一份，还把尘世生活建立在实现温饱这样的最低需要上。这些行为都是为了博得真主的喜悦，以便死后能得到好的报酬。

　　这种依赖、知足发展到极端，就走到了消极、寄生的地步——不求劳作，只等真主恩赐。这种消极依赖观在"苦行诗"中也有所反映，这里篇幅有限，不一一列举。

　　本节所举诗例，远不能囊括剖白信念一类"苦行诗"的所有角度、方面，而且提及的"苦行"诗人亦不够多。但所举诗例堪当典型，足以说明问题，故数量便不是最主要的了。

　　在这一节结束之前，还有一点应该提及："苦行诗"中对真主的赞美是寄望于取悦真主以获得后世的报酬，这与"苏菲诗"中的"爱主"性质不同。"苏菲诗"中的"爱主"是非功利的"纯粹之爱"，是只因其"至高之美"而萌发的爱。"苏菲派"认为，只有"纯粹之爱"才能引导人们最终达到超脱自我、人神冥合之境。例如，著名"苏菲派"诗人拉比阿就曾在一首诗中这样写道：

> 我的欢愉、企盼和依靠，
> 我的朋友、需求和向往，
> 你是我的灵魂，我的希望，
> 你和善、温存，令我亲近，
> 对你的思念是我的精神食粮。
> 你给了我多少恩惠和支持，
> 你给了我多少赏赐和力量，
> 对你的爱便是我的乐园，
> 对你的爱便是我如今的热望，
> 只有对你的热爱，
> 才能慰藉我焦渴的心房。
> 只要存活一日，我便不会离你而去，
> 你已经深深扎根在我的胸膛。
> 你若中意于我，
> 那将是我幸福的天堂。

第二节　阐发哲理

由信仰引发的"苦行"观在"苦行诗"中的反映，只是阿拔斯"苦行诗"的一个侧面。这一节，我们要谈谈由哲理思考引发的"苦行"观在"苦行诗"中的反映。我们在本章绪言里已经大致分析了这两种"苦行"观的异同，下面在分析具体诗作时恐怕会对这一点看得更为清晰。

宗教信仰和哲学推理之间本来没有绝对的界限，尤其是在封建社会的时代背景下，宗教和哲学在很多情况下是殊途同归的。哲学尤其是现代意义上的哲学从宗教中独立出来，已是近代的事了。而在这以前，宗教和哲学就像一对孪生兄弟，难以区分。在宗教信仰中有思辨的成分，在哲学推理中有宗教的前提。

在调和宗教与哲学思辨方面，阿拉伯哲学的先驱们为人类文明作出了巨大贡献。通过这些阿拉伯哲学家，伊斯兰教从阿拔斯王朝起就增加了许多哲学思辨的成分，而源于古希腊的理性哲学也戴上了伊斯兰教的"光环"。具体到这个时期的"苦行诗"，情况也是类似的。

一个"苦行"诗人可以具有出于信仰的"苦行"观，而这种"苦行"观也可以由于时代的影响而同时具有思辨的内容。诗人可能在一首诗中持一种"苦行"观，在另一首诗中持另一种"苦行"观，两种"苦行"观甚至可能同时出现在一首诗中。这说明了当时宗教和哲学之间复杂、微妙的关系，也给我们的研究和分析带来一定的难度。但是，总体来说，一个诗人一般是有一种倾向的，也就是有一种作为主导的"苦行"观的，而且出于哲学思辨的"苦行"观在动机和内容上都与前一种"苦行"观有所区别。

前面我们已经分析了出于信仰的"苦行"观，它是出于对末日审判及后世火狱的恐惧、对真主万能的敬畏，想通过节制、知足、过简朴生活来抗拒尘世的诱惑，以取悦真主、获得后世幸福。这样的"苦行"实践大多是频繁祈祷、赞念真主、诚心忏悔、祈求宽恕，并且遏制欲望。

出于哲学思辨的"苦行"观则大多来自"苦行"者对尘世的厌恶。

首先,出于对人生短暂的感悟,他们认定尘世是短暂的,迟早要消亡。很显然,他们的这种看法是基于伊斯兰教教义的,《古兰经》中就有许多关于尘世短暂、后世永恒的篇章。但伊斯兰教并不贬抑尘世,相反,伊斯兰教号召穆斯林要积极入世,只是在入世之时不要被尘世浮华迷惑心智,而忘记虔敬真主以获得后世幸福。但这些"苦行"者却从尘世短暂之说中引申出了与伊斯兰教教义略有不同的结论,这就是:既然尘世是短暂的,迟早要消亡,那么尘世也就是毫无价值、不值一顾的,更不必贪恋、追求。

其次,在他们看来,尘世不仅是短暂的,而且充满了罪恶。尤其是阿拔斯王朝后期,政治腐化、道德败坏、战乱频仍、经济凋敝,以至于广大百姓重新落入贫困的深渊,愁苦无告。这就更加深了这些"苦行"者对尘世的反感,甚至令他们对尘世悲观失望。在这种社会环境和心理状态下,这些"苦行"者的理论必定是悲观的。

艾布·阿塔希亚曾写了三十年的"苦行诗",这些诗中几乎全是关于生命转瞬即逝、死亡顷刻来临的谶语,劝人们不要为尘世所累,应赶快投到"苦行"门下:

> 我们身处摇摇欲坠、行将消亡的世间,
> 故应以虔敬和理智武装自己,通宵达旦,
> 因为尘世的寿数已尽,临近覆灭的边缘。
> 大千世界明日就将毁于一旦,
> 天地万物亦将一去不再复返,
> 不论你在世上多么高高在上,
> 死亡之神也照样紧随身边,
> 费尽心机贪图额外享乐的人,
> 必定终生受苦,无边无岸。

在艾布·阿塔希亚看来,尘世浮华就像海市蜃楼,可望而不可即,而尘世给人们带来的除了折磨和痛苦,别无他物:

　　日夜营建高楼大厦的人，

　　难道你想上天揽日追云？

　　可你是在丧生之谷，

　　面对的是箭无虚发的夺命之神！

　　徒劳无功的建筑师啊，

　　你无论如何修筑兴建，

　　所得终归是废墟一片；

　　难道你能免于一死？

　　生杀大权死神把住。

　　岁月更替，循环往复，

　　如若你能高瞻远瞩，

　　便知世间一切皆似镜花水月，

　　恰如你见过的层层云雾；

　　世间不过灾祸劳苦，

　　伤心之事接连往复！

　　全篇都是这种口气，让人透不过气来。

　　也许更有代表性的是艾布·阿拉·马阿里。他生不逢时又终身残疾，世事不平且身世不幸，愁上加愁，怨上加怨，他的诗中更是充满了对尘世的谴责和鄙视：

　　尘世是座邪恶殿堂，

　　里外没有一丝欢畅，

　　施暴迫害防不胜防，

　　前有狮祸，后有恶狼，

　　张牙舞爪，借口堂皇，

　　埃及两座金字塔，巍峨高耸，

　　但终有一天要坍塌消亡。

他还说道：

> 尘世连同它的哭亡者，描绘者，
> 已使贪恋它的人们彻底绝望，
> 岁月苦不堪言，人间溢满悲伤，
> 世人邪恶，犹如豺狼，
> 两朝元老昏昏欲睡，国土沦丧，
> 死神的使者绝不会让你逃过他的手掌，
> 还是抛却尘世吧，这是众所周知的妙方，
> 但是极少有人领悟真谛，没齿不忘。

　　既然尘世如此罪恶、分文不值，就该彻底离开它。但出路何在呢？在虔信者眼里，这是再简单不过的：等待后世幸福。而在这些具有思辨头脑的"苦行"者们那里，后世观念并不十分强烈。他们似乎不大在乎后世命运如何，而更着眼于今世的解脱。从苏格拉底和柏拉图那里，他们获得了灵魂—心灵优于肉身的学说；从现实生活中，他们又总结出人的欲望是一切苦恼的根源。那么，今世的解脱就有了可能：进行严格的心理训练，克制生理和心理的欲望，以便达到心灵—精神的安宁。而心灵—精神的安宁便是这些"苦行"者所谓的解脱，也是他们追求的最高理想境界。

　　但是，这样的理想境界要求他们远离尘世文明，过简朴生活。正所谓：眼不见，耳不闻，则心不动，志不摇。这就是阿拔斯王朝时期具有思辨头脑的"苦行"者们的"心性论"，它并不是伊斯兰教的产物，而是受包括佛教在内的外来宗教信仰和哲学思想影响的产物，同时也是这些"苦行"者自身体验的产物。他们深深感受到内心的矛盾和挣扎，虽然他们心气很高，但又摆脱不了人的种种本能欲望。于是，他们下决心折磨肉体，戒绝物欲、情欲，以求保护心灵的安宁。

艾布·阿拉·马阿里曾这样写道：

> 如果心灵本是一方净土，
>
> 那么在身躯里它要遭受囚禁之苦。
>
> 我身陷三重囹圄，你不要再把噩耗打听：
>
> 一是失明，二是隐居，三就是罪恶之身囚禁着我的心灵。
>
> 身体和灵魂未聚之前，
>
> 二者本无嫌隙，无恨无怨，
>
> 各自独立胜过彼此融合，
>
> 亲密无间总会招致怨恨不满。
>
> 灵魂啊！你应逃离这个躯体而自寻出路，
>
> 身躯啊！你应躲开这个灵魂而远走他乡；
>
> 你们两位一旦相依，就会引发不幸，甚至死亡！

阿拔斯王朝著名诗人谢立夫·穆尔泰迪也写过不少这方面的诗歌，他认为物质欲望是一切烦恼的来源：

> 不幸皆出自对尘世生活的眷恋，
>
> 出自对结婚、离婚等事的热衷；
>
> 戚戚然终日品尝尘世苦水，
>
> 惶惶然时刻蒙受忧心忡忡；
>
> 我只是世俗人生的一名俘虏，
>
> 无异于急功近利的芸芸众生。

不论是出于信仰还是出于这种思辨，"苦行"者大都殊途同归，走上与世隔绝、一心修炼的道路。他们或是昼夜不停地祈祷、念经，以消耗自己的全部精力和时间，从而控制住自己对尘世的思恋，以获得后世的幸福；或是戒绝一切尘世生活方式，禁欲隐修，以求保护心灵的安宁，在尘世便获得精神解脱。

这种方式本身一方面说明"苦行"违背人的本性，是一种不可取的生活态度，另一方面说明在本能的欲望面前，人的意志力是脆弱不堪的，只有靠外界的压力和条件来实现所谓"清心寡欲"。

但是，我们也应看到，即便是这样一种似乎于事无补的"苦行"行为，也对社会产生了很深的影响。因为这种行为构成了对上层社会奢华之风的反抗，从而对其起到了某种约束作用，这是它积极的一面。

第三节　揭露时弊

如果说出于信仰和思辨的"苦行"行为尽管重在个人解脱，但客观上也对骄奢淫逸的统治阶级有所震动的话，那么有些"苦行"诗人出于对现实的强烈不满而写下的一些揭露时弊、讨伐统治者的诗歌，则无疑像一发发炮弹直射统治阶级的心窝。

阿拔斯王朝的繁华景象掩盖着社会各个方面的黑暗现象，"苦行诗"作者们便一一将其公之于世，或劝诫当事人悔改，或对其提出警告，这种"苦行诗"的意义和价值对社会来说比前两种更大。

"苦行"诗人们的犀利笔锋直指统治阶级及其御用官吏、文人、教士，从各个方面戳穿这些人的假面具。他们创作的"苦行诗"好似一篇篇战斗檄文，政治的腐败、生活的腐化、信仰的淡漠、道德的堕落都是他们诘问驳难的对象。

诗人们不仅在诗中针砭时弊、驳斥伪学，还指陈利害、晓以义理，忽而激烈痛快，忽而推心置腹。诗文大都用祈使语气，使这类"苦行诗"有了独特的风格。

最勇敢、最率直的诗人要算艾布·阿拉·马阿里了，他写道：

> 我同许多民族交往过，
> 这个世界实在令人生厌；

掌权的全不为百姓着想，
反而欺压他们，
侵吞他们的财产；
其实他们本是天下大众的雇员。

伊拉克、沙姆长期以来已化为乌有，
因为这里处于无政府的境遇之中；
统治天下的是一群魔鬼，
是他们占有每一片土地；
只图他们酒足饭饱，
哪管大众挨饿忍饥？

这里有对统治者的愤恨和揭露，还有对劳苦大众的无限同情。

对统治者的这种倒行逆施，诗人们无情地揭露，同时也不断地进谏。艾布·阿塔希亚就写过这样一段诗：

有谁能替我忠告伊玛姆，
我发现物价对百姓高得过度，
他们的收入少得可怜，
无法获取必需之物，
除了你，民众又能指望何人？
除了你，拖儿带女泪眼婆娑、挨饿忍饥的母亲们又能指望
何人？
除了你，谁来抵御那残酷无比的灾情？
除了你，谁来照应那饥肠辘辘、衣不蔽体的百姓？
我这是向你说明劳苦大众的严重实情。

除了针砭时弊的诗作外，"苦行"诗人们还写了许多劝诫的诗文。著名诗人伊本·鲁米就写过这样一首诗：

　　死神之箭已对你张开满弓，
　　你何不在这之前赶紧诚心忏悔、努力虔敬；
　　悬崖勒马，迷途知返，
　　再莫做那荒唐之事、无用之功。
　　一旦命归黄泉，
　　众人哭泣为你送终；
　　你将失去一切，包括你的家舍，
　　终日厮守在坟茔之中。
　　你在残破的墓穴里孤苦伶仃，
　　而家人早把你忘得一干二净；
　　他们花费着你生前的积蓄，
　　可从不对你加以赞誉，
　　他们尽享生活的甜蜜，
　　而你却要忍受蛆虫咬噬你的躯体。

　　虽然所引诗文中并没直接涉及"苦行"，但言外之意都是告诫人们尘世丑恶，应尽早弃绝红尘，而且也只有抱着出世之想的诗人才吟得出这样的诗句。诗歌中也有直接涉及"苦行"内容的，但都超不出第一、第二节所谈内容，无非是从信仰、思辨的角度提醒、警告那些利欲熏心的人不要执迷不悟，以致忘记真主的惩罚、人生的短暂和对死亡的恐惧，等等。

　　在此，我们应该着重分析艾布·阿拉·马阿里的一首诗，以此结束我们对阿拔斯"苦行诗"的阐述：

　　蜜蜂嗡嗡为寻花而清晨早起，
　　可怜的蜜蜂啊，你在为谁辛勤谋利？
　　收蜜的人带着工具抢走了蜜，
　　你却不去蜇他予以反击。

你活在世上对时日不加算计，

你不知祖先史上如何岁月更替，

不知与多少族亲可以沾上关系。

你以为灾难之神也会偶有疏忽，

可事实完全有悖你的所有希冀。

对这首诗可以有两种解释。一种是对所有人而言的，那就是追逐尘世浮华到头来会两手空空、一无所有，因为死亡将会把一切化为乌有。另一种是对劳动人民而言的，启发他们认识自己辛勤劳作却一无所有的处境，鼓励他们与压迫者进行殊死斗争，不要被假象迷惑。不论是哪种解释，这首诗都显示出了它的精彩之处，不失为"苦行诗"苑中的一朵奇葩。

第五章　唐宋"出家诗"内容概览

绪　言

如果说"苦行"行为是对伊斯兰教教义的一种外延、发挥的话，那"出家"对佛教来说就是顺理成章的，因为佛教本身就是一种出世的宗教。可有趣的是，以出世为旗帜的佛教发展到后来却主张"取中道"，既不贪恋尘世生活，又不过分苛求自己，而以"两世吉庆"为特点的伊斯兰教却引发了比佛教的"出家"更为严格的"苦行"观念和行为。我们在本章的最后，将对此作一个简单的分析，这里就不再展开了。

无论是伊斯兰教的"苦行"还是佛教的"出家"，无论是"苦行诗"还是"出家诗"，都是现实社会的产物。在这一点上，二者是共同的。这些行为和观念源于人类社会，是某一特定的历史环境和时代精神的产物，同时又是一种逃避社会、摆脱社会束缚、远离人间生活的企图。但无论主观愿望怎样，客观上这些观念和行为却始终没有离开人类社会一步。它们着眼于尘世，服务于或影响于并依赖于尘世，受尘世的牵制，这一点从阿拔斯"苦行诗"和唐宋"出家诗"的内容中就可一目了然。正因为"苦行诗"和"出家诗"与人类社会发展息息相关，我们今天研究它们才有其价值。

如果以题材分类，唐宋"出家诗"几乎与阿拔斯"苦行诗"如出一辙。在唐宋"出家诗"中，有僧人、虔信者写下的佛赞、偈颂、梵呗等纯粹阐明信仰的诗，这与阿拔斯"苦行诗"中剖白信念的诗属于同类。

唐宋"出家诗"里还有文人士大夫写的咏怀、游寺等借物借景抒发禅思、揭示佛理的诗。这些诗的作者并非为了表明信仰,而是用诗来记录他们借佛教的哲学思想对现实世界的思考和分析,或是借咏物、咏怀阐发自己的世界观、人生观。他们的这种"出家"倾向并不是出于对来世的希望,而是同阿拔斯王朝的通过"苦行诗"阐发哲理的一类诗人一样,只希望从"出家"中找到寄托,使自己在今世能达到"清心寡欲"的解脱之境界。

　　和揭露时弊的阿拔斯"苦行诗"大致相同的是,唐宋"出家诗"中也有一些警世诗篇,用佛教的教义、伦理观劝诫人们"改邪归正",以求解脱,其中不乏对时弊无情鞭笞的力作。

　　当然,唐宋"出家诗"的这三种类型与阿拔斯"苦行诗"的三种类型在内容上并不完全等同,这点我们在本章的最后将加以比较,而且唐宋"出家诗"也不是仅此三种题材。限于篇幅,我们在这里只对唐宋"出家诗"的内容作一粗略分类、大概浏览。

　　还应说明的是,这三种类型的"出家诗"的作者并非也能相应地分成三类,其中不乏交叉现象。也就是说,偈、呗之类并非全部出自僧人之手,咏怀之类也并非全部出自士大夫之手。僧人也会写些游山、游寺等托物寄情的诗作,而一些崇佛、信佛的文人士大夫也写过颂赞之类的诗偈。

　　在这一章里,我们将按上述三种类型,分三节对"出家诗"加以分析、讨论。

第一节　偈颂、梵呗

　　"偈"是指佛经里的唱词,"梵呗"是指对佛教经文的赞颂。佛经一般是韵体、散体结合的,而在吟唱、传诵经文时更多地使用韵体,一来朗朗上口,二来好记好背。我们一般把用诗体写成的经文叫作"诗偈",诗偈在唐宋"出家诗"里占了相当数量。

　　唐宋两代佛教教派林立,其中独占鳌头的(尤其是在士大夫阶层中)是禅宗,所以唐宋的诗偈多以讽咏禅趣为主。

　　禅宗又称"佛心宗",所谓"佛心"即"传佛心印""即心是佛"。

禅宗认为心性本觉、佛性本有，主张明心见性、见性成佛，不主张用语言文字来传教，只修禅定，用自证三昧彻见自己之心性。"放舍万念、不图作佛、只务打坐，使身心自然地摆脱，乃是禅宗坐禅的要谛。"（《中国佛教文学》）所谓身心解脱之境，也就是"无分别智，一念不生，物我一体，一即一切"之境地。以这样的眼光看世界，"举现象界微小一物，即具有法性之全部，即能见到行云流水、花鸟风月，所有一切本来法理之显现"（《中国佛教文学》）。这种体验诉诸文字，便成为诗偈。

禅宗坚持不立文字，在觉悟上不依经典，专以思修彻见自己之心性，在表达悟境上便也同样不依先例，完全用自己的行为和语言。这样，无论他们的诗偈是表现自悟还是开导后进，必定是自由的、无碍的，也就是不依常理的，充满譬喻、暗示、象征。所以，不达禅之心境，理解其义是很困难的。

唐宋时，一位"雪窦禅师"①在一首"颂"中写道：

> 闻见觉知非一一，
> 山河不在镜中观。
> 霜天月落夜将半，
> 谁共澄潭照影寒。

这首诗的大意是：所见所闻都是活生生的法身，并非虚幻的镜中之物，更非"由心所变"。但是，理解、体味现象界为法身显现是不能靠旁人帮忙的，只能靠个人的直觉观照。"霜天月落夜将半，谁共澄潭照影寒"就是影射这种直觉观照之境的。这是诗偈中艺术水平较高的一首。

五代时期的禅僧灵云志勤有一首著名的悟道偈：

> 三十年来寻剑客，
> 几回落叶又抽枝。

_____

① "雪窦禅师"是唐宋时一些投宿于雪窦寺的高僧的通称。

自从一见桃花后，

直至如今更不疑。

三十年的光阴流转，本非寻常之辛苦。但在"寻剑客"——求道者的感觉里，只不过像"几回落叶又抽枝"那样稀松平常。在桃花从枯萎到再度开放的自然过程中，僧人由迷转悟，即所谓"因花悟道"，终于找到了"本我"与"归宿"，再也不用心怀疑惑、四处寻道了。至于他所悟到的到底是什么，则"如人饮水，冷暖自知"，只能靠读者自己去体悟。这便是禅宗"不立文字"的要旨所在。

禅宗的北宗派创立者神秀和南宗派创立者惠能，曾作过一对著名的诗偈。

神秀的开悟偈说：

身是菩提树，心如明镜台。

时时勤拂拭，莫使有尘埃（一说"惹尘埃"）。

该诗大意在于：众生的身体本身就是已"觉悟"的菩提树，人心本亦是纯净无染的，而众人之所以不能"明心见性"，皆因被世俗所累。所以神秀在此偈中劝人天天用功"擦镜"，祛除遮蔽心性的"尘埃"，以辨识诸法实相。

而惠能则对了一首示法偈，"翻"了神秀的"案"：

菩提本无树，明镜亦非台。

本来无一物，何处惹尘埃。

惠能认为，众人生来即具佛性，无须劳神求外界赐予，所谓"菩提树""明镜台"不过是"外显"的本性，只是自己没有觉悟到而已。众人其实只要"顿悟"便可成佛，故"尘埃"之说无从谈起。这首诗的禅味更加深厚。

唐代诗僧寒山子写的诗偈更是流传甚广，例如：

　　　　世有多事人，广学诸知见，
　　　　不识本真性，与道转悬远。
　　　　若能明实相，岂用陈虚愿。
　　　　一念了自心，开佛之知见。

这讲的是"明心见性"之理。
又如：

　　　　报汝修道者，进求虚劳神，
　　　　人有精灵物，无字复无文。
　　　　呼时历历应，隐处不居存，
　　　　叮咛善保护，勿令有点痕。

这是说要任运自在，"不立文字"，以清净本心。
再如：

　　　　自古多少圣，叮咛教自信。
　　　　人根性不等，高下有利钝。
　　　　真佛不肯认，置功枉受困。
　　　　不知清净心，便是法王印。

这是劝众人勿要虚妄做功，以防迷失了人与生俱来的悟性。
　　寒山子的诗中，诸如此类的偈子不胜枚举，因多述禅理，被时人称为"大抵佛语、菩萨语"，并有"家有寒山诗，胜汝看经卷"之语。
　　崇佛的文人也作佛赞，类似赞叹信仰对象的功德文。王维的《西方净土变画赞偈》曰：

　　　　稽首十方大导师，能于一法见多法。
　　　　以种种相导众生（一说"导群生"），其心本来无所动。
　　　　稽首无边法性海，功德无量不思议，

> 于己不色等无碍，不住有无亦不舍。
> 我今深达真实空，知此色相体清静，
> 愿以西方为导首，往生极乐性自在。

很显然，诗中皆是佛教义学的种种表达，文辞平白。虽以诗的标准来说不属佳作，但通俗易懂，易于流传。

唐代大诗人白居易晚年信佛，也写过偈赞之诗。他的"六赞偈"是"为来世张本"的力作，其中《赞佛偈》曰：

> 十方世界，天上天下，
> 我今尽知，无如佛者。
> 堂堂巍巍，为天人师。
> 故我礼足，赞叹归依。

很显然，这是对佛教《赞佛偈》①的仿写。

他的《众生偈》曰：

> 毛道凡夫，火宅众生，
> 胎卵湿化，一切有情，
> 善根苟种，佛果终成。
> 我不轻汝，汝无自轻。

该诗简洁明了、朗朗上口，规劝"苦海众生"，无论前世今生如何，勿要轻视自身，只要种下善因，必获佛果。

北宋大诗人苏轼亦崇佛至深，他写过这样一个偈子，以证明自己得道已深：

> 稽首天中天，毫光照大千；
> 八风吹不动，端坐紫金莲。

---

① 其内容是：天上天下无如佛，十方世界亦无比。世间所有我尽见，一切无有如佛者。

诗人以诗宣示自己的"禅定"功夫甚深，已不为世俗之"称、讥、毁、誉、利、衰、苦、乐"这"八风"所动。虽然古传逸事证实苏轼终究还是凡人，漫说"八风"，只"讥"之一风就令苏大诗人"端坐"不住，渡江向贬损自己的佛印禅师讨要说法，但诗中毕竟还是透露出他对"修持"的推崇。

此外，禅门著作中还有许多韵文偈颂很有民歌特点，如《法句譬喻经——明哲品》中的三个偈：

> 弓匠调角，水人调船，巧匠调木，智者调身。
> 譬如厚石，风不能移。智者意重，毁誉不倾。
> 譬如深渊，澄静清明。慧人闻道，心净欢然。

有人将其译成散文体：

> 制弓的匠人，加工筋角；划船的师傅，掌握渔船；建屋的木匠，刨削木头；有智慧的人，调整身心。
> 就像巨大的石头，风吹不动，有智慧的人非常稳重，无论面对毁谤还是赞誉，都不会受到影响。
> 就像极深的潭水，干净明澈，有智慧的人听闻道理，心里清净单纯，无比快乐安然。

又如《三伤歌》：

> 世人世人不要贪，此言是药思量取。饶你平生男女多，谁能伴尔归泉路。

其完全取民间口语、民歌形式宣传释氏之言。

这些诗偈的流传也促进了民间诗歌的创作，佛教变文中的韵文部分及佛教民谣、俚曲等就是佛典汉译和诗偈传播中生发的新体裁。我们只选一节《敦煌变文集新书》之"佛说阿弥陀经讲经文"（二）

中对极乐净土的描绘，作为例子：

> 西方去此十恒沙，有佛如来似释迦。
> 成佛以来经十劫，长于彼国坐莲花。
> 十方虽有诸贤理，就中此国最堪夸。
> 不同此界多烦恼，庄严爱是法王家。
> 地是黄金山是玉，林是琉璃水是茶。
> 三春早吃频婆果，此间四月咬生瓜。
> …………
> 一切烦恼全无，只是闻经念佛。
> 不逢生老病死，又无恩爱别离。
> …………

显而易见，诗偈大多以表示自身开悟或向别人示法为内容，直发议论。就诗歌，艺术而言，其中上乘之作不多，但作为传教之用，又另当别论了。

第二节　咏怀、游寺

本节要讲的"出家诗"与诗偈大不相同，不直接铺叙禅理，而是对物感兴，借抒情咏物来抒发禅趣，借渲染风光来开示禅境。

这一类诗歌中，最有代表性的要数"诗佛"王维的诗了。他的山水诗、游寺诗"仅仅写了山水林木，没有或极少出现佛学字眼，却深切地透露出幽冷圆静、萧瑟寂灭的佛家情调，显示了高超的艺术水平，具有值得深入研究的美学价值"（《中国佛教文学》）。

例如《鹿柴》：

> 空山不见人，但闻人语响。
> 返景入深林，复照青苔上。

远处未见其影但偶闻其声的人语，划破"空山"的万籁俱寂，空谷传音，愈显其空；幽暗的密林里，一抹落日的反照洒在久不见天日的苔藓上，更衬幽林之幽。偶闻的人语，偶现的反照转瞬即逝。诗中突出的其实是那长久的寂寥和无边的幽暗，正和禅宗所倡之"清静虚空"的心境。

又如《辛夷坞》：

> 木末芙蓉花，山中发红萼。
> 涧户寂无人，纷纷开且落。

在辛夷坞这个幽深的山谷里，辛夷花自开自落，自然得很、平淡得很，但又于平淡之中见到静谧空灵的心境。因为"对境无心"，所以花开花落引不起诗人的任何哀乐之情；因为"不离幻相"，所以他看到了花开花落的自然现象；因为"道无不在"，所以他在花开花落之中似乎看到了无上的"妙谛"：辛夷花纷纷开落，既不执着于"空"，也不执着于"有"，任运自在。在这里，辛夷花此生彼死、亦生亦死、不生不死的超然境界正是王维对整个世界因果相续、无始无终、自在自为地渲化的"证悟"。

在唐诗中，具有这样的旨趣的诗俯拾即是，柳宗元的《江雪》便是其中一首：

> 千山鸟飞绝，万径人踪灭。
> 孤舟蓑笠翁，独钓寒江雪。

这首脍炙人口的小诗被收在王志远、吴湘洲著的《禅诗今译百首》里，现把他们为此诗作的"赏析"部分抄录于下：

> 诗中整个画面是白色的，不论是高山、大路，还是江面，都在白雪的覆盖之中。诗中这种洁白、光明、空旷、寂静的意境，正是禅宗所推崇的浑然无别、澄澈透底的心境。

　　细看此诗，虽然写了山、鸟、径、舟、蓑衣、竹笠、渔翁，纷纭变化，但细想全景，除了"白茫茫大地真干净"，哪里还有什么别的？

　　诗的前两句为了突出主题——独钓渔翁，用一半篇幅展示广阔无边的苍茫背景，"千""万""绝""灭"四字为后两句的"孤""独"二字陡添冲击和夸张之感：在漫天皆白的无垠大地上，渔翁独自在冰冷彻骨的江上垂钓，超然物外，清高孤傲，仿佛融化在大自然的怀抱之中。这象征着参禅的人找到了归宿和本心、发现了自性，且持之以恒、毫不动摇。

　　由于僧侣、文人之间的频繁交往，文人前往山寺游玩、观赏，与僧人禅士谈诗论赋、习禅问佛，渐成风气。由此，在唐诗中，准确地说应该是在"出家诗"中，"游山寺"竟成了一派主题。崇佛习禅的文人及诗道颇深的诗僧都留下了大量"游山寺"的诗作。

　　王维在《登辩觉寺》中说：

> 行径从初地，莲峰出化城。
> 窗中三楚尽，树上九江平。
> 软草承跌坐，长松响梵声。
> 空居法云外，观世得"无生"。

　　"寺院隐现于竹深处，殿宇结建于莲峰之岭，宛如所点化的幻境。从窗中望去，三楚九江尽收眼底。跌坐嫩草之上，诵经长松之下，此身已若居法云之外。独自在此观摩人世，难道还不能顿悟'无生'？"（《中国佛教文学》）

　　盛唐山水诗人常建曾作一首《题破山寺后禅院》，此诗亦被历代文论家称为"游寺诗"的开山之作：

> 清晨入古寺，初日照高林。
> 曲径（一说"竹径"）通幽处，禅房花木深。
> 山光悦鸟性，潭影空人心。
> 万籁此俱寂，但余钟磬音。

深山、古寺、潭清、鸟鸣，虽旭日普照、光明朗莹，但落脚处万籁俱寂、独闻梵声，表达了诗人清空明净、超尘出世、杂念全无的淡泊情怀，颇富禅机又不入禅语，幽深淡雅，意自天成。

僧侣们也写过不少"游寺诗"，如皎然的《闻钟》便是一例：

> 古寺寒山上，远钟扬好风。
> 声余月树动，响尽霜天空。
> 永夜一禅子，泠然心境中。

身处"古寺寒山"，听闻悠远微弱的钟声，但在万籁俱寂的月夜，余音仍清晰可闻，在结霜的树丛中回旋漫延。夜半持定的坐禅禅子方能体味此番空灵意境，享受此种"泠然心境"。

这节所引的诗篇的诗味，显然比上一节中的诗偈更浓。诗中少有"禅语"，但禅味却悠悠至深。诗偈的目的在于说明义理，而这些诗则多是感怀人生。对自然界所见所闻的描写，流露出诗人对禅理的悟解。在参禅有得的诗人那里，自然界已不只是自然界本身，它的存在还包含着宇宙与人生的真谛，正所谓"一机一境皆为法身"。

就像阿拔斯王朝知识阶层的"苦行"者从思辨出发，理解了尘世、人生的真谛后，便宁愿逃离红尘、闭门隐居、清心寡欲以求得精神解脱一样，唐宋的崇佛、参禅诗人也并非因信仰而崇佛、参禅。可以说，这些诗人崇佛、参禅甚至出家为僧或居家拜佛，大都不是为了有朝一日修炼得道、将身成佛，更多的是由于个人经历或感情生活不顺，心情苦闷、处境艰难，便将研读谈论佛教作为精神寄托。他们从佛教义理中寻找到了解脱之路，即所谓"物我两忘，身心皆空，无怨无念，心泰神宁"的境地。他们自身的体验和对佛理的理解通过写物叙景自然流露出来，即所谓"因心造境""借境说理"。

由于他们参禅有得、精通义学，且诗中有真实体验和实际感受，所以他们的诗在阐发佛理方面比诗偈更为生动、更贴近人心，故影响更为深远、传播更为广泛。其中有些诗歌是千百年来老少皆知的佳作，至今仍广为传诵。但是由于时过境迁，当初诗人崇佛、参禅的社会背景、历史契机、心理需要等都已发生了很大的变化，就连佛教本身从清代起也已逐渐衰弱，唐宋时"梵诵之声，沸聒天地""王公百辟、法俗黎庶，手舞足蹈，欢咏德音"的景象一去不复返。故今人在欣赏把玩这些千古名句时，已经淡忘了其中所包含的佛理和禅机，在相当数量的文学史、诗选、诗解、诗评中，我们很难见到有人把这些提取出来供人品味。

其实，我们今天重新发掘这些古诗及其所含的佛教意趣，并非想要学佛、参禅以求得道，而是希望从中了解佛教与中国诗歌、中国文学甚至中国文化的关系，这对更好地认识我国的传统文化有很大帮助。同时，这样的分析也对诗歌创作与欣赏、评价有所裨益。而依我之见，今天我们的这种分析工作总体来说还是很不够的。

第三节　警世、感伤

和阿拔斯"苦行诗"类似，唐宋"出家诗"的前两类多注重个人解脱，出世倾向明显，而这第三类却与现实联系得更为紧密。与"苦行诗"中揭露时弊的一类一样，"出家诗"中的警世诗虽然充溢着劝人出世的词句，但它的着眼点更偏向于今生现世，更注重教化民众。

晚唐诗僧贯休为人有强梗之性，被称为"僧中之一豪"，故境遇始终坎坷。他写了不少慨叹人生无常的诗，劝人参禅悟道。如《偶作因怀山中道侣》曰：

　　是是非非竟不真，桃花流水送青春，
　　姓刘姓项今何在？争利争名愁杀人。
　　毕竟输他常寂寞，只应赢得苦沉沦；
　　深云道者相思否？归去来兮湘水滨。

由怀念已故道友引发对人生无常之叹，而其中又对"争利争名"之世态作了抨击。

又如《题某公宅》曰：

宅成天下借图看，始笑平生眼力悭。

地占百湾多是水，楼无一面不当山。

荷深似入苕溪路，石怪疑行雁荡间。

只恐中原方鼎沸，天心未遣主人闲！

　　面对深宅大院、亭台楼阁、雕梁画栋、荷塘飘香，诗人自嘲开了眼界，可在战乱频仍、国之将倾之际，"天心"未必会给主人送来自在安闲。诗中一方面揭露了权贵们挥金如土的奢侈，另一方面警告他们好景不长，提醒他们诸行无常，不必执着，应清心寡欲、淡泊人生，如此才能不被世俗所累，达到解脱。就这样，贯休的诗"讽刺微隐存于教化"，因而得到世人的传颂。

　　在警世方面，最值得一提的自然是诗僧寒山子的诗作了。他长年过着托钵僧人的日子，与劳动人民接触最多，所以他的诗深深植根于劳动人民的生活之中。安史之乱发生后人民饱受战乱之苦的状况，都在寒山子的诗里有所反映。他的诗讽时讥世，毫不留情：

我见百十狗，个个毛鬇鬡。

卧者渠自卧，行者渠自行。

投之一块骨，相与啀喍争。

良田为骨少，狗多分不平。

统治阶级内部的争权夺利，恰似这类狗咬狗的闹剧。

多少般数人，百计求名利。

心贪觅荣华，经营图富贵。

心未片时歇，奔突如烟气。

家眷实团圆，一呼百诺至。

不过七十年，冰消瓦解至。

死了万事休，谁人承后嗣。

水浸泥弹丸，方知无意智。

为富不仁、贪得无厌、利欲熏心的富人们享受了七十年荣华富贵之后，不过也是一死了之，犹如泥丸入水、冰消雪化，一片虚空。

> 贪人好聚财，恰如枭爱子。
> 子大而食母，财多还害己。
> 散之即福生，聚之即祸起。
> 无财亦无祸，鼓翼青云生。

财多起祸，贪人无福。只有两袖清风，才可腾云驾雾上青天。

面对世人不自觉地彷徨于爱欲之巷、流转于生死之间，寒山子发出声声警告，告诫人们尽早选择出离之道：

> 寄语食肉汉，食时无逗留。
> 今生过去种，未来今日修。
> 只取今生美，不畏来生忧。
> 老鼠入饭瓮，虽饱难出头。

又曰：

> 我见世间人，茫茫走路尘。
> 不知此中事，将何为去津？
> 荣华能几日，眷属片时亲。
> 纵有千斤金，不如林下贫。

人生如梦，诸行无常，尘世"荣华"能有几时？今日"眷属"亲情堪久？何苦贪恋人生，茫然入世？不如享受"林下贫"，为来世"今修"，免"彼岸"之忧。

寒山子的莫逆道友拾得也写过这样的开悟诗：

> 古佛路凄凄，愚人到却迷。
> 只缘前业重，所以不能知。

　　　　欲识无为理，心中不挂丝。
　　　　生生勤苦学，必定睹吾师。

　　开悟迷途之人要达到透澈达观之心地，必须勤苦学习，心无杂念。

　　　　君不见，三界之中纷扰扰，
　　　　只为无明不了绝，
　　　　一念不生心澄然，
　　　　无去无来不生灭。

　　在三界轮回中不得解脱之人，皆是因没有悟道，而一旦修炼成清心正果，便无生无灭，摆脱轮回之扰。

　　除了这种警世、切世、劝世的诗作外，唐宋"出家诗"里还有一种感伤的诗也颇具理机，且带启示。白居易曾在暮年写过不少这样的诗作，如《逍遥咏》：

　　　　亦莫恋此身，亦莫厌此身，
　　　　此身何足恋，万劫烦恼根，
　　　　此身何足厌，一聚虚空尘，
　　　　无恋亦无厌，始是逍遥人。

又如《自觉》：
　　　　…………
　　　　朝哭心所爱，暮哭心所亲，
　　　　亲爱零落尽，安用身独存。
　　　　…………
　　　　我闻浮图教，中有解脱门。
　　　　置心为止水，视身如浮云。
　　　　…………

　　人们一向认为白居易对于佛理知之不深，但他仍在用直观佛理来解脱老病之苦。而到了晚年，佛教成了他的精神支柱，这位寿数将尽的病中老翁一心向往西方弥陀净土。正如他在《老病幽独偶吟所怀》中所说的：

> 眼渐昏昏耳渐聋，满头霜雪半身风，
> 已将心出浮云外，犹寄形于逆旅中。
> 觞咏罢来宾阁闭，笙歌散后妓房空。
> 世缘欲念消除尽，别是人间清净翁。

　　从志得意满、以"补察时政"为己任的"诗魔"到"心出浮云外""欲念消除尽"的"清净翁"，白居易的感怀令世人扼腕，亦给"出家诗"增添了一道来自文人的浓墨重彩。

　　无论是警世还是感伤，都是这些佛门诗人揭示人生真相、提示人间真谛之作。佛家本来就有"苦谛"观念，那么，人间这诸多丑恶、愁苦在"出家"诗人那里便成了"苦谛"说的具体例证。于是他们认为，解脱别无他术，只有从佛门义理中找出路，即消尽世缘俗念，图得心内清净。

　　这种所谓的解脱观，是包括佛教在内的大多数宗教的共同观念。这一方面说明人类都有共同的愿望，想摆脱令人不满的现状，争取更美好的生活；另一方面也说明人类在美好愿望因条件不成熟而得不到实现时，都会不约而同地萌发这种宗教式的解脱观。

　　一些现代人包括青年知识分子逃遁山林、习禅学佛，也不外乎出于这一心理。但是，不论目的、动机、理论基础何在，这些揭露时弊、警世、感伤之作客观上都对社会风气起到了某种约束、教化的作用。

　　在第四章和第五章中，我们已经对阿拔斯"苦行诗"和唐宋"出家诗"的内容分别进行了分析、探讨。因篇幅有限，所引诗文都不太多，所涉诗人面也不广。但即使如此，我们也已经从中了解到这两种诗歌在思想内容方面的相近与不同了。

从相近的一面来说，首先，阿拔斯"苦行诗"和唐宋"出家诗"都是宣传出世思想的诗歌；其次，它们恰好都可分为相似的三类，即剖白信念、阐发哲理、揭露时弊。其中的原因在我看来，有如下几点。

第一，在当时的历史条件下，人类尚没有更完备的理论来解释世间的万事万物，而现成的宗教教义必然会成为一种唾手可得的思想基础，反映在诗歌之中，也就必然会有自证、示众一类的诗。这恐怕不仅仅是受伊斯兰教统治的阿拔斯王朝和佛教大盛的唐宋两代独有的文化现象，相信在当时其他民族的文化中也会有类似情况。

第二，阿拔斯王朝和唐宋两代都是意识形态领域非常活跃、繁荣的时期，这时的文人学者思想都比较开阔、自由，所以单纯的信仰往往不能完全满足他们的需要。一是他们不甘于徒等来世的解脱，而是寄希望于今世的解脱；二是他们更愿用自己的理智去理解和分析世间的万事万物，从而得出令自己满意的结论、找出令自己满意的人生道路。这种情况在诗歌中的反映，便是我们在第四章第二节、第五章第二节中讨论的内容。

第三，这些出世诗歌的直接来源之一都是对现实的不满，那么出现针砭时弊的警世之诗就是很自然的结果。

当然，有相似的三种类型的诗歌，并不是说相关类型诗歌的内容完全等同。实际上，阿拔斯"苦行诗"和唐宋"出家诗"在内容上还是有许多区别的，这在第四、第五两章里已经有所体现。下面我们再对此作个小结。

第一，在剖白信念这一类诗中，阿拔斯"苦行诗"和唐宋"出家诗"的内容由于诗人所信奉的宗教不同而必然有所不同。伊斯兰教主要是靠末日审判、后世火狱的残酷、可怕和天堂生活的永恒、美满使教徒折服，从而敦促他们在今世谨慎行事，甚至"苦行"，以取悦真主。所以在这一类的"苦行诗"中，就有许多赞美真主的伟大、描述后世火狱的可怕和天堂的美妙的诗句。而佛教尤其是禅宗则认为解脱轮回之苦的途径就是涅槃之清净之境，人世间的一切不过是法身显现的现象界，不必执着其中；只要清净本心便可成佛。所以，这一类的"出家诗"便多是表白自己悟境或开悟众人信仰的诗。

正是两种宗教教义的不同，才导致了以下这种有趣的现象的发生：主张出世的佛教（确切地说是中国佛教，主要是禅宗）却没有什么"苦行"的要求，任运自在"无碍""无为"才是正道，由此才能彻见本性，"顿悟"成佛。而持入世倾向的伊斯兰教反而引发了比佛教严格得多的"苦行"和禁欲主义，因为"苦行"者们从伊斯兰教的教义中得出了以下结论：越是在尘世苦苦修炼，越能证明自己对后世的虔诚信仰，从而越有可能获得真主的恩赐，得到后世永恒的幸福。

第二，在阐发哲理这一类诗中，"苦行诗"和"出家诗"也不相同。阿拔斯王朝的知识分子吸收了苏格拉底、柏拉图和佛教的一些观点，主张摒弃肉欲，甚至靠折磨肉体来实现心灵的宁静。而唐朝的士大夫却从禅宗那里找到了更简易、更方便甚至更轻松的"心性论"，这就是不执着、不苦修，甚至不诵经、不拜佛，只要排除杂念、逍遥自在，便可实现心内澄净。这种区别在"苦行诗"和"出家诗"中的反映，就是痛斥世俗、鄙视肉欲与任运自在、淡泊无为这两种观点的区别。

第三，在揭露时弊这一类诗中，"苦行诗"和"出家诗"在内容上大体一致，但前者往往火药味更浓。这一方面是由于阿拔斯王朝的社会现实更为严酷，另一方面是由于伊斯兰教本身就对尘世多有微词。而中国佛教诗人大都有点"冷眼观沧海"的味道，对时弊更多的是讽刺。这一方面是由于佛教尤其是禅宗本身要求不必对世事过于执着，要超然物外、不喜不怒，另一方面是由于中国的士大夫们一向清高，凡事都取"不在话下"之态。

第六章　方正严肃道"苦行"
——论"苦行诗"的艺术特色

绪　言

　　我们在序中已经说明，第六章和第七章是对阿拔斯"苦行诗"和唐宋"出家诗"艺术特色的分析。如果说"苦行诗"和"出家诗"在产生背景、思想内容上有某些相似之处的话，那么它们在艺术风格上却是各有千秋的。这是因为，"思想观念"这种高度抽象、概括的精神现象，是建立在无数个不同的、具体的感性认识之上的。我们说，不同地域、不同年代的人们在近似境况下有可能产生一种思想的默契，但这是建立在把不同地域、不同年代各个相异的感想、认识高度抽象、概括的基础上的一般性说法。如果我们回到这些想法的"原始"状态中去，就会看到一幅幅生动活泼、富有个性的画面。同样，当我们把前几章所述的"苦行""出家"的"一般"情况放回"具体"状态时，就会看到无穷多的画面。"思想观念"尚且如此，就更不用说文学风格、艺术特色这类本身就具有多种形态的事物了。一个民族的诗歌艺术的风格，与该民族的心理性格、生活环境、文化传统包括美学传统等是紧密相连的。

　　阿拉伯民族祖祖辈辈生活在阿拉伯半岛广袤贫瘠的沙漠之中，恶劣的自然环境、艰苦的游牧生活塑造了他们粗犷、豪放、坦率、朴实的性格，这些在诗歌中都有所反映。即便到了阿拔斯王朝，阿拉伯人在接受了城市文明之后也依然保留着传统的民族性格。阿拉伯诗歌的历史到底有多久，到现在还没有史料能够加以确定。流传至今的最古老的阿拉伯诗歌，是 5 世纪末、6 世纪初的作品。这些作品反映的都是沙漠游牧民族的生活场景，其中的景物描写和感情抒发还处于简单明了、直接浅白的阶段，对外界环境的描写更是稚拙、粗糙的。一方面，这是由于当时的阿拉伯人思维、欣赏水平低；另一方面，是由于大自然并未为诗人们提供更丰富的景象。在阿拉伯人最初居住的环境里，除了少数几块绿洲外，其余的都是沙漠。

从这些初期的诗歌创作到阿拔斯王朝的诗歌大发展，只用了两百年左右的时间。而且在这约两百年间，伊斯兰教诞生所引发的政治斗争消耗了阿拉伯半岛居民的主要精力，使人们除了写些政治诗、赞颂诗和讽喻诗等功利性很强的诗歌外，很少有精力发掘和发展其他题材的诗歌创作。所以，阿拔斯诗歌几乎是在蒙昧时期（贾希利叶时期）诗歌创作的基础上直接发展起来的。

虽然阿拔斯时期的诗歌较蒙昧时期已经进步、发展了许多，但传统的手法和风格仍是诗歌创作的主流。艺术思维更是不可能在短时间内迅速得到发展的，因为这是一个更深层次的问题，需要更长的时间来发展、成熟。另外，审美标准和审美感觉也是受制于传统积淀的，不可能一朝一夕就发生变化。所以，总体来看，阿拔斯王朝的诗歌在包括联想、形象刻画、意境、韵味方面的艺术思维上还处在一个初步的发展阶段。

阿拉伯传统美学及文艺批评理论的历史并不很长，在阿拔斯王朝以前甚至没有出现过专门的美学及文艺批评著作。直到阿拔斯王朝时期，才在各民族文化大融合的基础上第一次出现了阿拉伯文学批评这一学科。当时的文学批评还是十分初步的，没有形成一个完整、系统的学说，着眼点还在语言、修辞这个层面，没有真正涉及文学批评的其他要素。所以当时的文学批评家大多是宫廷语言学家，文学作品想获得好评，首先就要得到这些语言学家的认可。而这些语言学家又是传统文学的忠实卫道士，符合传统标准的作品便会被他们奉为佳作，而不符合传统标准的作品则会被他们贬为次品。当然，他们都或多或少地具有某些真知灼见，但总体来说，还不能形成完整的系统。

阿拉伯现代文学批评在很大程度上继承了这些传统，非常注意语言的规范、修辞的巧妙，在此基础上又借鉴了西方文论的一些观点，从而产生了阿拉伯现代文学批评理论。

在这样的美学及文艺批评传统影响下，诗歌的发展也受到语言学家的影响，往往视除语言、修辞之外的诗歌要素为"次要"的。尤其是阿拔斯王朝后期，随着国家的衰落，诗歌也逐步走向注重文字雕饰甚至玩弄文字游戏的地步，缺乏真情实感，内容空洞。

第一节　新题材与新体裁

在阿拔斯王朝浩瀚的诗海中，"苦行诗"是一股强劲的潮流。如果说"苦行诗"在阿拔斯王朝以前已经产生，那么它成为一个独立的诗歌题材则确确实实是在阿拔斯王朝发生的事。在这以前，"苦行"诗句只是散见于其他题材的诗歌之中，或为其中一段，或为开场白。就是到了阿拔斯王朝时期，也仍有这类情形。情况不同的是，到了阿拔斯王朝，一方面，"苦行"诗句几乎出现在任何一种题材的诗中，另一方面，"苦行诗"还可借其他任何一种题材为外在形式来叙述有关"苦行"的内容。但是，在这个时期还有相当数量的"苦行诗"是以自成一体、独立于其他题材的方式出现在诗坛的。从这个意义上，我们可以称"苦行诗"为阿拔斯王朝新出现的诗歌题材。

阿拔斯王朝的诗歌创作中，始终贯穿着新、旧两种诗歌体裁的斗争。旧体诗是指按蒙昧时期以及后来的伊斯兰教初期、倭马亚王朝时期的形式、手法创作的诗歌，而新体诗则是指阿拔斯王朝建立后，在各民族文化交融的基础上继承阿拉伯诗歌的原有传统，又进行了一些更新、改革的诗作。实际上，新体诗在很大程度上仍旧依循传统诗歌的题材、形式，只是在很小的范围内抛却了一些不适应新的城市生活的形式和内容，加入了一些新的文化信息而已。"苦行诗"就是新体诗的一类，这首先是从它的体裁而不是内容确定的。

阿拉伯传统诗歌，尤其是作为正统文学形式代表的长诗"格绥达"（又译"格西特"），都以一个怀旧感伤或抒发恋情的诗序作为开场白。这个开场白有长有短，也许在情绪上与正题有某种统一性，但在内容上一般与正题无甚联系。到了阿拔斯王朝时期，诗人尤其是著名诗人大都聚集在巴格达及其他文化、政治、经济名城，他们或是在宫廷里为达官贵人吟咏诗歌，或是在酒馆里伴着歌女以诗配乐，再也没有必要为此先用一番开场白来渲染气氛或吸引听众。所以，一些诗人尤其是非阿拉伯血统的诗人便开始攻击阿拉伯传统诗歌的形式，其中就包括它的开场白。在这种氛围里，新独立出来的"苦行诗"也受到了启发。

阿拔斯"苦行诗"抛弃原有的开场白，也有其自身的原因。首先，"苦行诗"作为新独立出来的题材，没有很厚重的写作传统约束，不像"颂诗""情诗"等有约定俗成的框架，很难改变；其次，传统的开场白一般都是哭废墟、哭亡灵，或是谈情爱、唱恋歌，这些都与"苦行诗"的价值取向相去甚远，几乎可以说是完全对立的。所以，"苦行诗"摒弃这种开场白也是非常自然的。

阿拉伯传统诗歌的形式还有一个特点，就是一首诗中可以出现多个并存的主题，主题之间没有必然的有机联系。有的诗歌甚至是以诗句（诗行）作为独立单位的，即使把诗歌的段落甚至句子调换位置，也不会影响对诗歌的理解。这不仅是因为当时的诗歌都是即兴创作、随感而发的，诗人往往无暇推敲内容的前后连贯和有机统一，还因为当时的美学标准就是以形式为主的，只要用词美妙，韵律和韵脚统一、准确，想象奇特，就是好诗。

而"苦行诗"却是首次出现的内容前后一致，诗句间有机相连、前后呼应的主题统一的诗歌。这一方面与时代风格有关，另一方面也是由"苦行诗"的内容本身决定的。一是"苦行诗"是一个独立的题材，一首诗终究不可能也不应该有多主题并存的现象；二是"苦行诗"所要阐发的思想、感情大都与宗教、哲学、人生等问题有关，而这些问题绝非三言两语能说清的，需要层层深入地解剖分析或两相对比地深入研究才能说清、说透。所以，一首诗的诗句之间便有了必然的有机联系，所有诗句都为一个统一的主题服务。

著名的虔信者艾布·阿卜杜拉·苏里（？—1049 年）曾写过一首"苦行诗"，诗中说：

青春携着韶华而去，
白发牵着痛苦来临。
我为失去青春而悲痛，
又为白发诞生而伤心。
尽管白发并非来不逢时，
也算不上强加于身，
可我却肩背重负，
因少时不羁遭受报应。
有人为逝去的年华和美好而哭泣，
我的眼泪则并非因为青春不再的孤寂，
而是为了年轻时放肆犯下的罪过和不义。
青春舍我而去，留下的只有苦恼，
还有那必须替它承担一切而带来的忧虑。
如果万物之主拒绝开恩，不允我进入天堂，
不对我所犯罪行宽宏大量，
不召我前往他的身旁，那我将会多么悲伤！
即便如此，我仍希冀他的恩赏，
因我确信主的独一无二，
知晓他的权力无量，
故我与那不信主者、堕落者不同，
绝不会与真主对抗。
我渴望在"选民"中赢得一席，
真主不会把虔信者和不信者聚拢一堂。

　　　　前者以他的信仰得救，

　　　　后者却要损失惨重，大失所望，

　　　　前者将在天堂里享受荣华，

　　　　后者将在火狱之中受虐遭殃。

　　这首诗中，诗人先是为青春已逝、白发来临而感到悲伤，继而又为死亡临近而感到恐惧。一想到死，便会想到末日审判，他又为青春年少时的盲目恋世、不顾后果所造成的罪孽而担忧，深怕真主因此不宽恕他。于是他便再三剖白自己的虔诚，祈求真主能因他的虔信而饶恕他。诗句之间紧密相连，步步深入，自然过渡。整首诗主题统一、明确，读来觉得很真实。

　　"苦行诗"摒弃开场白，一条主线从头到尾贯穿全诗，因此篇幅大都不长，不像旧体诗那样一般都有几十句、上百句。另外，阿拔斯王朝时期的诗歌很多是即席创作，这一点也限制了诗歌的篇幅，而蒙昧时期，一首诗有时要作一年之久。阿拔斯王朝以前的文人称这种篇幅较短的诗为"麦格图阿"（المقطوعة），意思是"被肢解的"，这是相对于长诗"格绥达"而言的。而当"苦行诗"大流行起来后，"麦格图阿"便逐渐成了一种新的诗歌体裁。所以我们说，阿拔斯"苦行诗"不仅可以称作一种新的诗歌题材，而且可以称作一种新的诗歌体裁。

　　除了在题材和体裁方面开先河外，阿拔斯"苦行诗"在诗的韵律方面也独具特色。

　　阿拔斯"苦行诗"虽常借"麦格图阿"的形式，但诗句却多用长格律。这主要是因为"苦行诗"的内容一般都比较深邃，需要掰开揉碎徐徐道来，而短格律的诗句则很难容纳太多内容。另外，当时的短格律往往用于可供弹唱的轻松愉快的题材，而"苦行诗"的严肃正经与这种氛围相去甚远，所以其大多采用长格律。当然，这也不能一概而论，有人说，短格律亦不时出现在"苦行诗"中。

第二节 重“理”轻“文”之得失

形象刻画是文学作品尤其是诗歌的基本要素之一，离开形象刻画，文学作品尤其是诗歌就失去了一部分感染读者、引发读者审美感受的作用，从而部分地失去了其的意义。而形象刻画首先来源于诗人的真情实感和丰富幻想，所以有人说“诗歌是幻想和感情的白热化”。

在阿拉伯文论中，也有对形象刻画的表述，认为“形象是文学作品构成的主线，是内容的核心，是文学作品中对思想感情的启发和说服力的源泉”，而诗歌“是一个由许多局部画面组成的大的画面，这些局部画面就像戏剧和小说里的主要事件中的各个情节一样”，“好的形象刻画，有赖于情感的真实和诗才的高超”（《阿拔斯“苦行诗”——从布威希上台到 1258 年巴格达陷落》）。在这些论述中已经有对于“景”“境”的要求，虽然略显粗浅，但毕竟比仅以语言和修辞论高低的文论要成熟多了。

具体到“苦行诗”，阿拉伯文论家们一致认为它具有真情实感。因为“苦行”行为是一种主观的体验，“苦行”者必须经历激烈的心理斗争，才能最终克制人的本能欲望而实现“苦行”。因此，“苦行诗”具备形象刻画的基本要求之一——内心感情的真实和强烈。但是，诗才或者说艺术思维能力的高低却是因人而异的：文学修养水平高、艺术思维能力强的诗人能把真实和强烈的内心感情通过形象化的语言表达出来，构成一幅幅生动的画面，达到情、景、理有机交融；而水平有限的诗人创作的诗歌，则往往充满了浅白明确的哲理表露或直率冲动的感情抒发。可见，真实和强烈的内心感情还不能代替优秀的形象刻画和艺术构思。

那么，阿拔斯“苦行诗”的形象刻画水平到底如何呢？依我之见，其在这方面是略有欠缺的。

历代阿拉伯文论家也对这一点颇有微词，他们的分析是：第一，“苦行”诗人多是学者，“苦行诗”只是他们的学术研究的副产品，所以大多数“苦行诗”便以学术特色掩盖了文学特色；第二，“苦行诗"的内容都是有关宗教信仰、哲学观念的，在行文中就往往会以大量的概念和理论代替形象刻画；第三，"苦行诗"的社会功能是教化民众，故以阐明道理、陈述利害为主，这便会导致其形象刻画不够充分。

这种分析是有一定道理的，但说服力又是有限的，因为：学者不一定写不出好诗，与宗教、哲学有关不一定就必然要堆砌观念，"教化诗"不一定就必然影响形象刻画。

依我之见，形象刻画不足不是阿拔斯"苦行诗"独有的缺点，其他题材的诗歌也往往有同样的弱点。阿拉伯古代诗歌在艺术思维、艺术联想、形象刻画方面一向欠缺功力，或是陷入理障，或是流于粗浅。尤其是当阿拉伯诗人试图用艺术语言、艺术形象来表达哲理思想时，就显得有些吃力，其作品要么缺乏思想内涵，要么缺乏审美趣味。

从根本上说，这与阿拉伯民族当时的生存环境、生活特点以及由此形成的心理特征和文化传统有直接的关系。祖祖辈辈生活在荒漠之中的游牧民族，是无论如何也迸发不出"日照香炉生紫烟""春风又绿江南岸""明月松间照，清泉石上流""曲径通幽处，禅房花木深"这类艺术想象的。另外，即使诗人能杜撰出这样的诗句，也不会引起沙漠居民的共鸣。除此之外，"苦行"诗人往往是头脑中有了成形的理论后再用韵文表达出来，而非触景生情、对物感兴，所以更添了一份理趣，少了一份联想。

但是，当我们分析了阿拔斯"苦行诗"在形象刻画方面略显欠缺之后，还应看到以下的事实：尽管阿拔斯"苦行诗"有此缺点，但因它具有真实的、强烈的情感，阐述了深刻的道理，并具备了强有力的感染力和教化力，加上语言通俗易懂，所以仍得到了广大人民群众的喜爱和传诵，不失为阿拉伯历史上最优秀的诗歌门类之一。

还有一点我们也不能忘记：我们说阿拔斯"苦行诗"一般都缺乏形象刻画，并不意味着所有的"苦行诗"都是干巴巴的教条和理论，其中还是有不少形象刻画的。

例如，大诗人穆泰纳比在看到某人放鹰捕食鹧鸪的情景时写道：

　　也许有一只小鸟，被克星老鹰紧追不松，

　　老鹰的羽毛像利剑，身躯犹如一阵风，

　　恰似粗壮的笔杆装上锋锐的羽毛，

　　黄翎下的利爪好比利剑和长矛，

　　它飞扑直下，就地捕杀了小鸟。

　　于是我对每个活着的人说：岁月邪恶！

　　尽管人心都希望有所成功，有所获得。

　　在穆泰纳比笔下，鹧鸪就是每个活着的人，而老鹰就是死亡之神，命运与人就像“老鹰捉小鸡”一样，人永远处于被动地位。这样的诗就比较生动，感染力也比较强。

　　在阿拉伯文论家眼里，所谓“形象刻画”就是种种修辞手法的运用。在阿拔斯“苦行诗”中，用得最多的修辞手法要数对比或者说映衬，这是因为“苦行”观本身就是由一系列对比的观念组成的：尘世的短暂、后世的永恒；尘世欢乐的廉价、后世幸福的珍贵；生命的虚幻、死亡的真实；对心灵的赞美、对财富的鄙视。正是通过这一系列的对比，“苦行”者才自觉地抛弃尘世走向“苦行”，没有比对比更能使他们醒悟、激发他们的决心的方法了。这种方法反映在“苦行诗”中，便是映衬的描写的普遍。

　　艾布·阿拔斯·达比在路过一位已故大臣的家宅时说：

　　喂，门，你为何满面凄苦？

　　侍卫及屏障都去往何处？

　　那曾让命运之神为之胆寒的人呢，

　　如今已化为地上的一抔黄土！

　　这里的对比很明显：第一、第四句是说这位大臣现在的结局，而中间两句则是回忆当年他门庭若市、有恃无恐的腾达之状。两种情景一加对比，马上给人以强烈感受：是啊！称雄一世，也终有丧命之时。如今人去楼空，尘世浮华毫无踪影，那么追求这些又有何意义呢?

　　除了对比之外,比喻也是阿拔斯"苦行诗"中使用较多的修辞手法。"苦行诗"所要表达和阐发的是一些艰深晦涩的道理,一般人很难一下子理解和接受,就像禅机不是所有常人都能体味一样。那么,要想深入浅出地把"苦行"道理讲述清楚,就必须借助于形象的比喻手法,让读者能够体味、理解。

　　艾布·费拉斯·哈姆达尼曾这样形容人类生活的这个世界:

> 尘世是头任人骑的畜牲,
> 可它的背部却坑洼不平,
> 我甘愿让你来驾驭它,
> 但要时刻提防它使你掉入陷阱。

　　艾布·阿拉·马阿里则这样比喻:

> 你的世界是个美女,
> 其丈夫却得不到丝毫的乐趣,
> 她是披着羊皮的母狮,
> 爪尖流淌着人类的鲜血滴滴。
> 快把她甩了吧,用"苦行"武装起来,
> 你手中握着的正是利剑和盾牌。

　　像这样的比喻,在"苦行诗"中比比皆是。

　　"苦行诗"中常见的修辞手法还有隐喻（التشبيه الضّمنيّ）,即概念先行,随即用一个自然现象或社会现象加以形象化的说明。比如,在贾法尔·本·法德勒的诗中有这样的例子:

> 使人心志消沉,
> 无异于拯救此人免于不幸,
> 他也不再坐立不安;

一旦狂风骤起，昏天黑地，
被刮断的总是树尖。

诗人认为，默默无闻、与世无争才会换来心灵的安宁，而这种观点通常是与人的本性相矛盾的，一般人总是向往出人头地。于是，诗人用了一个现实生活中可感的现象——"树大招风"来为自己的理论寻找根据、增加说服力。

类似的手法还可在艾哈迈德·本·贾法尔的诗中见到：

谁向当权者称臣屈服，
便会得到一时的好处，
可他不久就会发现，
这使心灵遭受羞辱；
谁对火焰叩首称奴，
得到的无非是烟熏火燎，别无益处。

诗中指出，"摧眉折腰事权贵"的结果便是"飞蛾扑火"，自取灭亡。这些都是"苦行诗"中的隐喻手法。除此之外，"苦行诗"还常常用"全景画"般的描写手法来表现某种道理，也就是将若干局部的形象刻画结合起来，形成一个整体的形象刻画或是场景刻画。例如，艾布·阿拉·马阿里曾有诗曰：

如若你没与众人同往清真寺，
那你就祈祷下去，直到做完聚礼，
不然在末日审判之时，
终瞒不过真主的远见卓识，
因为他眼观六路、全能全知，
你会遭非难被告失职，
彼时哭犹不及，泣亦无用。
无人可替你求情，救你一命。

这纯粹是一个想象中的场面,通过马阿里的娓娓道来,一个十分真实的场景出现在读者面前,让人不由得仔细思忖。

总之,阿拔斯"苦行诗"虽然在形象刻画方面略显欠缺,但也不是完全缺乏形象思维。另外,"苦行诗"的其他优势如感情真挚强烈、思想深刻严肃、语言通俗易懂等,使其赢得了广大民众的赞赏。更重要的是,"苦行诗"表达的思想感情与百姓十分合拍,因此,"苦行诗"得以在人民中间广为流传。

阿拔斯王朝的一个特征就是崇尚理性,相对于以往思辨不发达、思维不深刻的文化传统而言,这无疑是个巨大的进步。在时代风气的影响下,诗歌创作、诗歌理论也趋向理性化。这虽然在某种程度上影响了诗歌的形象刻画,但却使诗歌的思想内涵有了深入的发展。当然,如果"苦行诗"的创作者们能具备更高超的艺术思维能力,使诗歌"情、景、理"交融,那自然是更好的事。但是,如前所述,由于生存环境、文化传统的局限,"苦行诗"不可能发展到这一高度,于是便有了今天我们读"苦行诗"时不免会产生的些许遗憾。

第三节　通俗易懂赢百姓

文学是语言艺术,其借助语言的表现才得以成为具体的作品。高尔基曾说:"文学就是用语言来创造形象、典型和性格,用语言来反映现实事件、自然景象和思维的过程。""文学的第一个要素是语言。"(《文学概论》)

诗歌是语言艺术的一大门类,语言对诗歌来讲自然也是"第一个要素",这就难怪阿拉伯文论家们历来就把诗歌的语言是否规范、优美、生动、新鲜等作为评判诗作优劣的重要标准了。

我们前面说过,阿拔斯"苦行诗"得以广泛流传的重要原因之一就在于语言一般比较通俗易懂,这对于文化程度不高的广大人民群众来说是特别有吸引力的。

阿拔斯王朝的诗人们绝大多数是宫廷或贵族的御用诗人,或称"幕府"诗人。他们吟诵的诗歌自然首先要迎合达官显贵的口味,无论题材还是语言风格都是如此。在语言方面，统治阶级为巩固自己的权力，牢牢掌握着伊斯兰教和阿拉伯语这两种精神武器，用于统治具有不同信仰、文化、语言、风俗习惯的被征服民族。事实上，在阿拔斯王朝的社会中，除了伊斯兰教和阿拉伯语这两样地地道道的阿拉伯产物外，其他方面几乎都不同程度地外族化了。就连伊斯兰教和阿拉伯语本身，也在外族文化的影响下发生了变化，尽管还远非根本性的变化。正因如此，统治者才格外重视伊斯兰教神学和阿拉伯语语言学的发展，语言学家的社会地位自然也非同一般。

我们前面也介绍过，阿拉伯诗歌的评判基础就是诗作的语言应用是否地道、纯熟。这样，一方面促使诗人尤其是非阿拉伯血统的诗人努力学习、钻研阿拉伯语，使阿拉伯语很快普及；另一方面，由于阿拉伯语语言学家的苛刻挑剔，那些旨在取悦统治阶级的诗人不得不挖空心思在诗歌的语言上下功夫。为了显示自己阿拉伯语水平的高超，许多人专门用各种各样的修辞手段创作诗歌，有的人还故意用生僻费解的词汇。久而久之，矫揉造作之风渐渐兴起，人们争相卖弄自己的语言技巧，从而使诗歌语言越来越脱离作品内容，诗歌也越来越脱离广大群众，成为社会上层人物的玩赏对象。

首先起来冲破这一切的，正是"苦行"诗人的代表之一艾布·阿塔希亚，他说：

> 诗歌应该写成古代诗歌大师或者白沙尔和伊本·哈米麦的作品那样，否则就应该像我的诗这样，从广大群众喜闻乐见的语言中选择词句，尤其是"苦行诗"，因为"苦行"不是帝王将相也不是诗人的行为，最热衷于"苦行"的是"苦行"者、圣训学家、教法学家和广大老百姓，他们最欣赏的是自己能够理解的诗作。

艾布·阿塔希亚的诗作风格都是简朴通俗的，这尤其体现在他的"苦行诗"中。他注重运用日常生活中的语言，力求远离生僻复杂的词汇，而且也很少用外来语。例如，他在一首诗中曰：

死亡使一切欢乐都变成痛苦，

奇怪，人一死，亲朋好友就弃他不顾。

不论一个人如何逃避，

死亡永远和他对面而立。

白发是人类的报丧人，

他站起来，带着满脸的长须宣告讣闻。

一心沉浸在希望之中者，

如愿之前就会命归西天。

穷人在大众眼里多么卑贱！

只有被求之人、被怕之人才会牵动人们的视线。

　　艾布·阿塔希亚就是这样来写他的"苦行诗"的。他的诗作语言质朴、简洁通俗，赢得了广大百姓的喜爱。

　　不仅艾布·阿塔希亚如此，大多数"苦行"诗人都力求使用平易、简单的语言。因为"苦行诗"创作的受众首先是广大人民，他们最易接受"苦行"的观念，而且他们大多处于贫困状态，对统治阶级的骄奢淫逸非常不满。所以，"苦行诗"的创作者们大都注意从广大人民的日常生活中提取语言素材，经过整理加工后运用到诗歌中去。

　　著名"苦行"诗人马哈木德·瓦拉基曾这样讽刺那些拜金者：

他们向人们表白虔诚，

其实他们围着金钱转个不停，

为了金钱他们把斋，向着金钱他们礼拜，

他们朝着金钱"巡礼"，对着金钱"朝圣"，

如果金钱出现在苍天之上，

他们如有双翅也会飞向苍穹！

　　语言简洁自然，寥寥几笔便把那些"掉进钱眼儿里"的伪君子讽刺得淋漓尽致。

又如他说：

> 污蔑穷人的人，还不收场！
> 只要观察、思考、正视现状，
> 就会发现富人的缺点更多，
> 而穷人则有对富人的恩泽及品德的高尚。
> 你只是为了钱财才违背圣意；
> 绝不是希望受穷才对真主反抗。

这些诗作都通俗易懂，简明扼要。应该提及的是，"苦行诗"的语言大都通俗平易，因此在御用文人——语言学家那里得不到赞赏。这些保守的文人们总以古诗恢宏、凝练的风格作为评价一切诗作的标准，而通俗浅近、接近口语的"苦行诗"则不受他们的青睐。这也是"苦行诗"在阿拉伯文学史上长期得不到重视的原因之一。

除了语言通俗易懂、不矫揉造作外，为了缩短与读者和听众的距离，"苦行诗"大都使用演讲体行文赋诗，营造出一种"语重心长"的心理氛围。祈使句式的运用也很多，这是为了渲染气氛，增加语言的力度来吸引视听。以上我们举的例子，也可以说明这些。

综上所述，阿拔斯"苦行诗"有其特有的艺术手法。这一方面来源于时代的影响和文学传统的继承和发展，另一方面也是出于"苦行诗"表达的内容和对象的需要。

第七章　幽远冲淡示"出家"
——论"出家诗"的艺术特色

绪　言

中国的美学发端比阿拉伯要早，从魏晋南北朝时期开始就有了比较成熟的美学和文艺理论著作，如刘勰的《文心雕龙》、曹丕的《典论·论文》、宋炳的《画山水序》、钟嵘的《诗品》等。还有一大批从事美学和文艺理论研究的人，如嵇康、陆机、顾恺之、王微、谢朓等，他们在魏晋玄学的影响下和传统美学的基础上借鉴了佛学的一些思想，使美学发展到了一个成熟、自觉的阶段。

到了唐宋两代，中国的美学理论和文论发展得更加完善、成熟。其中一个很显著的特点就是，佛教的"心性论"对唐宋诗歌美学、诗歌理论的发展起了重要作用。

刘勰、孔颖达等人对"诗言志"的新解，把"志"这个在先秦和汉代基本局限于政治、教化意义的范畴扩大为"情志"统一的范畴，强调了外物对人心的感动。经过他们的解释，"诗言志"便具备了这样一个含义：诗歌既应反映现实，为教化服务，具有重要的社会作用，又应感物吟志，情物交融，突出其抒情性。"情志"并重，功利性与艺术性两不偏废。把这种"情志"用韵体抒发出来，就成为"诗"。

继承儒家传统美学思想的白居易笃信佛教，所以他在主张诗歌应具有"补察时政、泄导人情"的教化作用的同时，也同样突出强调诗歌抒情的特性。

而"兴象说""意境说""兴趣说"的诞生,"情在景中,景在情中""诗中有画,画中有诗"的美学境界的提出,以及把"韵"作为艺术作品最高审美要求的主张,更是把审美主体放在相当重要的位置。这种美学理论和文论思潮把审美主体的内心体验作为审美过程中的首要因素,文艺作品的创作必然会受其影响,"出家诗"的创作自然也要符合这一时代创作潮流。

"出家诗"虽然是要通过诗歌来表达佛理、抒发禅趣,但诗人在创作过程中大都是以"兴趣"为原则,强调托物寄情、对物感兴、扫除理障,在描写自然的行文中不留痕迹地流露出作者的心态。而"出家诗"所要阐发的禅理、所要抒发的禅趣,在讲求"言外之意"、重"根机悟性"这两点上与诗歌创作的要求恰恰是一致的。

唐宋时期流传的参公案、斗机锋、棒喝等禅宗的法门,其重点恰恰就是"言外之意""根机悟性"。因为禅宗是"言语断道""不立文字"的,"一说似一物则不中""直是开口不得",禅师所言所行都非直接说禅,只有靠自身的领悟对言行之外的意义加以领会,才能悟到"真机"。而参禅是一种主观性非常强的心理体验过程,"禅之境界"是用包括诗歌在内的任何体裁的文字都无法描写、传达的。所以,"出家诗"只能着力于诗歌表层意境即景物风光的渲染、描绘,而其中蕴含的禅理、禅趣要靠读者自己体悟。

这种"唯在兴趣"的诗歌创作特点,显然与阿拔斯"苦行诗"不大一样。说句不带任何偏见的话:唐宋"出家诗"在创作特点上更能体现出诗歌创作的内在规律。

唐宋"出家诗"的艺术特点,恐怕不是一章便能讲清的。在此,我们只能涉及其中一些比较有影响的方面。

在第一节里我们要谈谈"出家诗"在唐宋诗歌史上的作用和地位;在第二节里,我们要着重谈谈"出家诗"是如何处理"兴趣"和"理趣"之间的关系的;在第三节里,我们要从"出家诗"的表达风格方面谈谈它的艺术特色。这三点实际上是互相关联的,所以,我们在谈其中每个问题时必然要牵涉到其他问题。但是,这三个问题又是互有区别的,区别就在研究的角度不同,着眼点也不同。

第一节　借诗明禅

我们在前几章里就已介绍了佛教在唐宋大为兴盛的情况，也介绍了文人和僧侣互相酬唱、谈禅赋诗的情况。在这种历史、文化氛围下，作为一类具有特殊内涵、手法、韵味的诗歌，"出家诗"诞生了。这是中国诗歌史上的一个新题材，并且是一个不容忽视的重要题材，不仅对当时的文坛起到了"令人耳目一新"的效果，对后代的诗歌创作也产生了重大影响。

但是，长期以来，我国的文学史都未把这一类诗歌独立出来给予重视，这里面的原因也是不言自明的。我们认为"出家诗"是一个独立的题材，只是想在尊重历史的前提下更全面地理解中华民族的文化传统和文艺创作的手法、风格，从而更好地继承和发扬其中的优秀成果，抛弃和剔除那些阻碍进步的糟粕而已。

应该肯定地说，佛教确实给我国的文化传统带来了新鲜的积极因素，但与此同时也带来了一些消极因素。对那些积极因素，我们应旗帜鲜明地发扬光大，而对那些消极因素，我们也应在分析、解剖之后努力消除。不加分析地全盘否定或不予理睬，都是不可取的。

在撰写本书的过程中，我拜读了自改革开放以来我国不少宗教学者关于佛教与中国文化的关系的专著，很受启发，本书的许多观点和素材都得益于这些书籍。新时代的中国文学史、中国美学史、中国文论史都已经明确：佛教对中国文学、中国文化的发展曾有过非常重大的影响，这个影响一直持续到今日。

随着我国改革开放不断深入，宗教政策、宗教观念不断改革、完善。我相信，我们的下一代将会比我们更透彻、全面地理解我们的文化传统，从而在此基础上创造出更加灿烂的中华民族文化，无愧于"东方文明古国"的美称。

魏晋南北朝时期，以谢灵运为代表的"山水派"诗人也曾试图把佛理引入山水诗，但是其作品数量有限，难以自成一派。另外，那时国人对佛教的理解还不够深入，诗人也自然写不出真正具有佛教奥义的诗作。

唐代以后，佛教逐渐扎根中土，不仅是僧侣们，就是崇佛的文人们对佛教的理解和感受也达到了相当的水平，加上诗人与僧侣来往甚密，所以比起魏晋南北朝的"山水诗"，唐宋"出家诗"在表达佛教意旨、"理趣"上有了深度和广度两个方面的发展，形成独立的题材。"出家诗"的内容我们已经在第五章里作过概览，在此不加重复。

这是从题材的角度看"出家诗"在唐宋诗歌史上的地位。另外，在创作方法上，"出家诗"也是独树一帜的。"宗教文化丛书"的主编王志远先生在评价王维时说过这样一段话：

> 从文学创作本身来说，中国诗歌素以《诗》《骚》为光辉的开端，到唐之前已蔚为大观，而王维的诗歌既在某些方面继承了这份遗产，同时又在精神实质上给予了变化，以一种超乎物外、神韵微妙的风格在唐代诗坛上与李、杜成鼎足之势。他的代表诗作（山水田园诗）既不是现实主义的，也不适于称为浪漫主义，不恰当地套用当代的术语讲，其中比较典型的晚期作品甚至可以看作印象派、抽象派或理性主义之类。这种风格，上有魏晋玄学神韵和谢灵运山水诗的先导，下有宋诗谈禅悟理的后继，在中国的文学创作中形成一种独特的流派，其中不少作品还具有相当高的艺术价值。

王志远先生的这段话总结了王维的创作实践，同时也可作为对"出家诗"的一个总结。在过去的几十年中，唐宋"出家诗"在文学史中不曾有过应有的位置。即使是谈到王维等人，往往也避开佛教，只谈山水，要么就把那些深具禅意的诗作看作具有"消极思想"的劣作而一味忽视。姑且不说所谓"消极思想"是否真的对中国文化产生过消极影响，即使产生过，不加评论而一概将其扔进"历史的垃圾堆"的做法也实在是有掩耳盗铃之嫌。依我之见，与其一棍子打死或付之一炬，还不如公之于众、因势利导来得更明智些。

以李白为代表的浪漫主义创作方法和以杜甫为代表的现实主义

创作方法，都已被前人总结过了。那么，以王维为代表的"出家诗"所代表的创作方法到底应该如何定义？相信中国的众多学者和读者都在思考这个问题。我认为，不论我们如何称呼"出家诗"所代表的创作方法，也不论我们如何评定这一创作方法的地位，都不能忽视这样一个事实："出家诗"的出现标志着中国士大夫艺术思维的变化，从而形成了中国士大夫文学艺术与其他民族、其他阶层的文学艺术明显不同的风格，即细腻、幽深、自然、含蓄。正因为士大夫是近一千年来中国传统文化的主体，所以这种风格也就是中国文学尤其是诗歌的基本传统风格之一，至今还影响颇深。

第二节　唯在"兴趣"

"出家诗"在思想内容上和"苦行诗"有颇多相似之处，这一点我们在前面几章里已经分析过了。但"出家诗"的美学传统和哲学基础又是与"苦行诗"不尽相同的，所以表达"理趣"的方法也不尽相同。前一章我们分析了阿拔斯"苦行诗""重理轻文"的现象以及这种现象产生的原因，这一节我们将看看唐宋"出家诗"是如何处理"理趣"和"兴趣"的关系的。

所谓"理趣"是指诗歌所要表达、传授的哲学理论和思想观念，所谓"兴趣"则是指诗歌意象所包含的那种为外部形象直接触发的审美情趣。也就是说，"理趣"是逻辑思维、理性的产物，而"兴趣"是形象思维、感性的产物。

唐宋文论主张把形象思维与逻辑思维分开处理，认为形象思维是诗的生命，而那些"以文字为诗，以才学为诗，以议论为诗"的作品是没有审美情趣的诗。只有将"理趣"蕴含在"兴趣"之中的诗，才会被称为好诗。正如推崇盛唐诗歌的宋代著名文论家严羽在其代表作《沧浪诗话》中所主张的那样，诗歌的基本性质是"吟咏性情"，强调"妙悟"和"别趣"，追求"无迹可求"之美学境界。他说："唐人尚意兴而理在其中。"

唐宋最活跃、影响最大的佛教教派禅宗的特点，与当时的文论内核极为接近。禅宗主张"不立文字",也就是要断绝逻辑思维,强调内心感受、感性体验。禅宗和唐宋文论的这种默契不是偶然产生的。禅宗是在印度禅学与中国老庄思想及魏晋玄学相结合的基础上发展起来的,它以非理性的直觉体验、瞬间的不可喻的顿悟、自然含蓄而朦胧的表达、活泼随意的参悟与体验为特征,形成了与中国过去的思维方式既有一定联系又有很大差别的思维方式。中唐以后,它渗入士大夫之中,并与那种延自老庄思想的追求适意自然的人生哲学与追求幽深清远的审美情趣相融合,正好促成了比较典型的中国式艺术思维方式的产生。

"出家诗"的艺术特点便是这种融合、借鉴的结果。也就是说,"出家诗"往往不用语言说理,而是在生动的意境中自然地流露出诗人对宇宙、人生的看法。说"出家诗"唯在"兴趣",又不能混淆"出家诗"与一般山水诗的区别。一般山水诗描写自然景物,是要向读者传达一种"诗境",这与"出家诗"所要表现的"禅境"不是一回事。"诗境"是诗人对物感兴而产生的一种审美意境,而"禅境"则是诗人对物感兴而悟到的一种宇宙、人生的真谛。所以说,"出家诗"唯在"兴趣",而又充满"理趣"。

当然,"出家诗"中的诗偈一类也有落入理障而诗味全无的。这一部分既不能说是好诗,也不能算作好偈,我们暂且不去讨论。

禅宗重视内心的自我解脱,所以对色相界的看法是任运随缘的,并不特别执着于某一类景物。禅宗"顿悟"境界的特点是:佛法平等,法身遍一切境,现象界的"一机一缘"都是法身的具体体现。因此,可以在"万物色相,日月星辰,山河大地,泉源溪涧,草木丛林"等各种自然现象中悟道法身整体。自然界五光十色、生机勃勃的所有征象,都包含着真实、永恒的佛之世界,正所谓"青青翠竹,尽是法身;郁郁黄花,无非般若"。所以,"出家诗"便以描写大自然的各种景象为依托,抒发诗人的思想情趣。

正如诗僧皎然曰:

　　月彩散瑶碧,示君禅中境。

真思在杳冥，浮念寄形影。

这"禅中境"不是抽象的概念，而是具体的画面。禅理、禅趣尽在其中，耐人寻味。

我们在第五章里已经讨论过一些诗作，从中已获得了一定的感受。像王维的《鹿柴》《辛夷坞》、柳宗元的《江雪》等，就是这方面的突出代表。

又如王维在《孟城坳》一诗中道：

新家孟城口，古木余衰柳。
来者复为谁，空悲昔人有。

以"新"与"古""衰"为对比，慨叹今日我感伤古人，明日谁来感伤我。短短一首五言绝句，诉尽"人事代谢，不息须臾"的禅意，点破佛家"诸行无常"的义理。

再如王维的《竹里馆》一诗：

独坐幽篁里，弹琴复长啸。
深林人不知，明月来相照。

诗人独自坐在幽静的竹林里忘情弹琴，时而长啸，悠然独处，只有明月相伴。遣词造句、单个情景似平淡无奇，但其"神韵"不在字句，而在整体。如此清幽绝俗、空明澄净，读者会深感安闲自得、尘虑皆空，"一刹那妄念俱灭"，进入"消魂大悦"的无差别境界。

柳宗元的《渔翁》这样写道：

渔翁夜傍西岩宿，晓汲清湘燃楚竹。
烟销日出不见人，欸乃一声山水绿。
回看天际下中流，岩上无心云相逐。

全诗不用禅语，但参禅有道之人读来便会"心有灵犀一点通"，体会到其中那任运自在的禅机、禅趣。晚明思想家郝敬一言以蔽之，"无色无相，潇然自得"。

又如白居易的《香山寺》二绝：

> 空门寂静老夫闲，伴鸟随云往复还。
> 家酝满瓶书满架，半移生计入香山。
> 爱风岩上攀松盖，恋月潭边坐石棱。
> 且共云泉结缘境，他生当作此山僧。

"香山居士"退隐之后定居洛阳香山寺，亲证"佛法大意"，诗中充满悠闲飘逸、怡然自得之意境。

苏轼的《题西林壁》一诗可谓家喻户晓，但众人不见得能体味该诗亦为入禅佳作：

> 横看成岭侧成峰，远近高低各不同。
> 不识庐山真面目，只缘身在此山中。

《禅诗三百首译析》的作者李淼先生认为通常对这首诗的解读流于"肤浅"，仅解读出"从有限的角度难以认清事物全貌"之意，而未解读出"同一座山，由于所处视点不同，而会有远近高低的不同山形，这里关键就在视点有限。而视点有限之问题的存在……主要取决于人能否彻见自性……自性明，就会万象森罗毕现，完全认清真相"。

苏轼在诗中将宇宙、人生融为一体，从观山景中悟出世界万物皆因主体观察角度不同而结果相异的道理，充分体现了对禅宗"彻悟言外"的深刻体验。

韦应物的《滁州西涧》一诗曰：

> 独怜幽草涧边生，上有黄鹂深树鸣。

春潮带雨晚来急，野渡无人舟自横。

在极妙的"写意画"中，诗人似在状物写景、交代隐居生活，甚至似含"不在其位、不得其用"而"怀才不遇"的无奈感伤。但若从超然物外的禅思角度看，这首绝句"在笔墨之外深寓禅意，表现了一种茫然不知所措的、任意东西的玄思"。

禅僧中也有写得一手文理俱夯之好诗的，如唐僧灵一《溪行即事》云：

> 近夜山更碧，入林溪转清。
> 不知伏牛事，潭洞何从横。
> 野岸烟初合，平湖月未生。
> 孤舟屡失道，但听秋泉声。

月上柳梢，山色愈重，林间溪流更为清明，而山脉走势、潭洞移向已然模糊。无人岸边夜雾将起，无波湖水静谧黯然；一叶孤舟兀自漂流，耳边只闻秋泉淙淙。这寂寞沉静的无人之境，正是参禅之人澄澈心境的写照。

又如禅僧德诚的《拨棹歌·其一》云：

> 千尺丝纶直下垂，一波才动万波随。
> 夜静水寒鱼不食，满船空载月明归。

素有"舟子和尚"之美称的德诚善咏渔人生活，此诗表面即是描写其驾船垂钓的情景，意境幽深。但"千尺"之深、"万波"之广及渔人、月夜、寒水、扁舟之浑然一体，透出禅道之无边无际、无所不在。而点题"寓意"既在又不在水中鱼，说是"满船空载"，其实是满载，只不过载的是明月而已，"不说破"的禅机显而易见。

尤其值得一提的是唐代某位比丘尼所写的《悟道诗》。诗曰：

> 尽日寻春不见春，芒鞋踏遍陇头云。
> 归来笑拈梅花嗅，春在枝头已十分。

一首诗道尽"寻春""得春"之事。"寻春"如"寻道"，起初不得入道之法，四处寻求佛法真谛，结果"踏破铁鞋无觅处"，实际上佛性就在自心，何劳向外寻求？一旦领悟这一点，方觉"春在枝头已十分"。此诗以极其生动的比喻，宣扬禅宗"明心见性""此心此体本是佛"的思想。

从以上引述的诗中，我们可以看到唐宋"出家诗"是如何把"兴趣"与"理趣"统一起来的，即所谓寓理于景。在这些诗中很难见到什么禅悟，这也是禅宗"不立文字"的要求，但是禅宗所宣传的那种静心自省、顿悟成佛的义理却时时从诗中流出。在诗人和诗僧笔下，禅宗那不执着于"有"又不执着于"无"的生活方式跃然纸上，而禅宗那乐于山水之间、耳听潺潺流水、目送悠悠白云、吟风弄月、无拘无束、怡然自得的境界也悄然而出。

严羽在《沧浪诗话》中写了这样一段，可以作为对唐宋"出家诗"特点的总结：

> 夫诗有别材，非关书也；诗有别趣，非关理也。然非多读书，多穷理，则不能极其至。所谓不涉理路、不落言筌者，上也。诗者，吟咏情性也。盛唐诸人惟在兴趣，羚羊挂角，无迹可求。故其妙处透彻玲珑，不可凑泊，如空中之音，相中之色，水中之月，镜中之象，言有尽而意无穷。

唐宋"出家诗"的这种特点显然与阿拔斯"苦行诗"不尽相同，后者更多的是直抒其理、大发感慨。而对有着"赋、比、兴"深厚传统的唐宋诗人和诗僧来讲，"言外之意"更有魅力。"苦行"诗人虽然也善用比喻手法揭示真理，但更热衷于直抒胸臆，这也许就是民族性格和民族心理的不同吧。

中华民族的民族性格自古就是偏于内省的，从孔子的仁义礼智信、中庸之道、重教化、反暴力的儒家学说中，就可以看出中华民族内向、含蓄、保守、封闭的性格特征。而以超凡脱俗、清净无碍的莲花为象征的佛教东传而来，自然与这种"内省"的文化有一拍即合的默契。这种受了外来影响后又发展了的内向性格，又赋予中国文化更加内向、含蓄的特征。唐宋的美学理论就是这种性格特征的体现，而中国式的佛教——禅宗更是这种性格特征的产物。正因如此，唐宋"出家诗"的表现形式才与阿拔斯"苦行诗"不尽相同，也才有了中国诗歌特有的韵味。

"出家诗"主要是谈禅诗，而禅宗的特点是"不立文字"的教外别传。这就是说，禅宗认为它所追求的最高境界原本是不能用语言来表述的，因为语言、文字、概念只会给人增加负担，而不能教人去发现佛教的真理。所以，如果用通常的求知求解的方法去理解禅宗的原理，就会"饭箩里坐饿死人，水里头浸渴死人"。

在禅宗看来，诸佛与众生平等，人人都具有成佛的佛性。倘若不内向、自省，体悟自身与佛平等不二，反而执着地向外追求，这就好比饿死在饭箩里、渴死在河水里一样。如此说来，所谓"禅境"就是一种只可意会、不可言传的境界，无论如何也是描述不出的。

但是，禅师们传禅又不能完全不用语言，就像禅门师徒之间的斗机锋、棒喝一样，还是要有途径的。但这些途径都是曲折、隐晦、玄妙的，表现禅理的"出家诗"也自然是多用隐语、暗示"绕路说禅"的。本身没有自悟到"真如之境"的人，很难体会到诗中表露的禅趣、禅理。另外，由于每个人的"悟性"不尽相同，体味的程度、角度也不尽相同。如果把每首"出家诗"都用"俗语"解释透彻的话，那么其本身就毫无价值，也就根本不是谈禅之诗了。

我们现在读"出家诗"，当然不是要参禅甚或"顿悟成佛"，而是要在感受那"言已尽"而并未穷极的"言外之意"时获得某种审美情趣。对这种"言外之意"永远也不会有一个"最终的解释"，而且一旦说破便"兴趣"全无。

第三节　简古淡泊、韵味无穷

　　"禅趣"无解，但风格可感。"出家诗"在唐宋时不仅是新题材、新手法的代表，而且是新风格的代表。这个风格就是它那幽远、冲淡、古朴、自然的格调，这种格调来自禅宗"无相为体、无念为宗、无住为本"的思想。无相就是不执着于事物、事相；无念就是不起杂念，不念有无，不念善恶，不念有无边际，不念有无限量，不念菩提，不受外界影响；无住即无执着，也就是既不执着于"有"也不执着于"无"既不执着于"善"也不执着于"恶"……既然现象界的一切都无须执着，那就只有保持自身的自然状况了，这一点与老庄的自然主义一脉相传。

　　禅宗的这种思维方式体现在唐宋文论中，就是"假物不如真相，假色不如天然""须是本色，须是当行"等要求出乎自然、率意天成的文艺理论，唐宋文论中的所谓"韵味"说也是一例。所谓"韵"乃是对于审美意象的一种规定、一种要求，即要求审美意象有余意，或者说"行于简易闲澹之中，而有深远无穷之味"。符合这一要求的就是美，不符合这一要求的就不是美。这些文艺理论也推动了"出家诗"风格的形成。

　　王维在《终南别业》中曰：

> 中岁颇好道，晚家南山陲。
> 兴来每独往，胜事空自知。
> 行到水穷处，坐看云起时。
> 偶然值林叟，谈笑无还期。

　　这首诗全篇用词极为简朴，行云流水，"物我两忘，随遇而安，寄兴自然，不起世虑"的超然意境跃然纸上。"行到水穷处"，一般人可能要意兴阑珊，打道回府，诗佛则不然，水既穷，则坐看云，随意而为，随遇而安，任运自然，自洽自得。正是心中无所滞碍，才有这等情致禅趣。

又如他的《鸟鸣涧》：

> 人闲桂花落，夜静春山空。
> 日出惊山鸟，时鸣深涧中。

这是另一首以动写静的佳作，山间夜色宁谧闲适、空灵幽静，晨光初现竟惊动山鸟，而鸟鸣的衬托显得山更静、涧更深。乍看言语、画面平常无奇，但全诗却表现出一种深远高洁、韵味无穷的情趣。

再如他的《酬张少府》：

> 晚年唯好静，万事不关心。
> 自顾无长策，空知返旧林。
> 松风吹解带，山月照弹琴。
> 君问穷通理，渔歌入浦深。

还是"白话"至简，但依旧透露出无碍无欲、脱尘拔俗、虚融淡泊的禅家心态。这种"不著一字，尽得风流"的意境，是有无穷深远之韵味的。

禅僧之作中亦有不少神来之笔，如愚庵智及禅师的《山楼秋夜》就是其一：

> 月色白如昼，松阴多似云。
> 窗虚山欲堕，灯灺夜初分。
> 河影中天见，泉声隔树闻。
> 小楼在独坐，此景与谁论。

山居禅师夜晚的所见所闻看似平常，但在这种淡泊宁静、孤寂空灵的秋夜，僧人的心境却只可意会而难以言传。其与陶渊明"采菊东篱下，悠然见南山。……此中有真意，欲辨已忘言"有近似之处，但性质又不同。因为这里的心境乃"禅境"，"或是暗示僧人恬淡无为、清雅闲在的心态，或是暗示万物众生任运自在的禅机，幽远、超然"。

再看这首憨山德清禅师的《山居》：

> 松下树橡茅屋，
> 眼前四面青山。
> 日月升沉不住，
> 白云来去常闲。

毫无新奇之处的居住环境，大自然循环往复、日复一日的"升沉""来去"，并不带来厌倦和无聊，反而恰合禅师通达自在的心态。全诗朴实无华，又颇富禅机。

晚唐的诗僧贯休也擅长这类诗作，例如其《春晚书山家屋壁二首》曰：

> 柴门寂寂黍饭馨，山家烟火春雨晴。
> 庭花蒙蒙水泠泠，小儿啼索树上莺。

春雨过后，农夫抢墒春耕，故"柴门寂寂"，但仍未拦住阵阵饭香；庭院中水气迷蒙，看不分明；山野间流水"泠泠"，清脆悦耳；躲雨的鸟儿飞上枝头、快活歌唱，小儿哭着要捉鸟玩耍。

"晚春是山家大忙的季节，然而诗人却只字不提农忙而着墨于写宁静，由宁静中见农忙。晚春又是多雨的季节，春雨过后的喜悦是农民普遍的心情，诗人妙在不写人，不写情，单写景，由景及人，由景及情。"正如清代文学家方东树所谓"小诗精深，短章酝藉"。同时，该诗"于澹中藏美丽"，于静处露生机；超然物外，观万物以悟佛性。

五代时的布袋和尚，亦有一首通俗浅近、深蕴禅理之好诗：

> 手把青秧插满田，低头便见水中天。
> 心地清净方为道，退步原来是向前。

表面上描写农夫插秧的见闻觉知，但"低头见天""心地清净""退步向前"则暗合佛理禅机。"心地清净"本就是佛家用语"六根清净"的变体，而"低头见天"暗含"虚怀若谷""由己及人"的境界，"退步向前"则吻合"退一步海阔天空"的佛家辩证奥义。

诗僧寒山子也曾写道：

> 自乐平生道，烟萝石洞间。
> 野情多放旷，长伴白云间。
> 有路不通世，无心孰可攀。
> 石床孤夜坐，圆月上寒山。

诗僧"借景语谓禅语"，不着痕迹，无论是"烟萝石洞间"的自以为乐、山野情怀的舒畅放达，还是闲时无事的遥望云来雾往，抑或是孤坐石床久观圆月上山峦，都不过是在透露：虽然山路就在眼前，但其不通世俗之地，既然"无相为体、无念为宗、无住为本"，当下即"道"，何须往别处攀缘？

这种幽远、脱俗的韵味使"出家诗"别具一格、令人回味，这也是"内容和形式有机统一"的结果，这一点对我们今天的诗歌创作仍是颇有启发意义的。

"出家诗"无论在内容还是艺术特点上都表现了一种超然出世的生活态度和精神境界，因此它往往处于简古、疏淡、淡泊的格调中。但这里面又恰恰包含了诗人对历史、人生的一种很深的感受和领悟，不论其是否科学、是否具有真理性，都包含了诗人的人生观和历史观。这样，才使"出家诗"做到诗有余意，有"深远无穷之味"。就这一点来说，"出家诗"又是深入人生的、入世的。所以，"出家诗"是出世与入世两种不同观念对立统一的产物，当我们回过头去看"苦行诗"时，亦会有同感。

在分析了"苦行诗"和"出家诗"的艺术特色之后，我们便可体会到两者的共同和不同之处，在此简单小结如下：

第一，"苦行诗"和"出家诗"由于各自的内容和手法与同时代其他题材的诗歌不同，所以都以新题材及新体裁的面貌在当时的诗苑中独树一帜。

第二，由于阿拉伯民族与中华民族的历史、地理、文化传统不同，伊斯兰教与佛教的教义不同，阿拔斯王朝与唐宋两代的美学理论不同，"苦行诗"和"出家诗"的艺术特色便不尽相同。"苦行诗"更倾向于在语言文字上直接、明确地表现哲理和感情，运用比喻手法时也习惯于那些本体和喻体直观类似、简单明确的客观描写和直接叙述。而"出家诗"则运用禅宗"凝神观照"的思维方式，注重"兴趣"，着力于"意境""韵味"的精彩，寓情于景、寓理于景。这两种不同的艺术手法孰优孰劣，不能一概而论。限于篇幅，本书对此不再展开。

第八章　于出世、入世之间
——诗哲马阿里与诗僧寒山子比较

绪　言

阿拔斯"苦行诗"与唐宋"出家诗"在产生、发展、内容、形式诸方面均有异同，这从宏观上说来自人类文化中共性与个性的矛盾统一。无其共性，则无交流的基础；无其个性，则无交流的必要。我们从事比较的目的，便在于发展、开拓这些交流，推动人类文化的进步。

在前面几章里，我们已经沿着"产生—发展—内容—形式"的线索对阿拔斯"苦行诗"和唐宋"出家诗"作了一番分析、比较。但是，我们还没来得及讨论"苦行"诗人和"出家"诗人各自的情况。如果可以用"点与面"来形容诗人与诗歌总况的话，那么我们就是着眼于"面"的。而对于"点"的分析，前人已经做得很多了，限于篇幅，这里便不再赘述。

但是，"苦行"诗人和"出家"诗人中各有一位是应该在此讨论的，因为对这两位诗人的分析、比较对本书的主题是很重要的补充。他们分别是阿拔斯王朝诗哲艾布·阿拉·马阿里和唐代诗僧寒山子。

马阿里是阿拉伯哲理诗的开山祖师，而寒山子则是中国哲理诗的鼻祖。阿拉伯哲理诗孕育于"苦行诗"，而中国哲理诗渊源于"出家诗"，这并非偶然的巧合，其中有必然的因素。

另外，这两位诗人在身后都遭到了长久的冷遇。马阿里于逝世一千年后才在同样是盲人的阿拉伯近代文学大师塔哈·侯赛因博士笔下第一次获得关注，同时掀起了一阵研究马阿里的热潮。而对寒山子进行评价的也只有一些零散的文章，截至20世纪90年代，北京图书馆馆藏目录里的寒山子作品只有两部：民国时期出版的《寒山子诗集》（1936）和《寒山大士诗》（1937）。马阿里和寒山子的这种共同遭遇亦并非偶然的巧合，其中也有必然的因素。本章将对马阿里和寒山子首创哲理诗及身后遭冷遇的原因加以分析、比较，从中进一步理解"苦行诗"和"出家诗"真正的价值取向。

第一节从两位诗人的生平入手，分析、比较他们首创哲理诗的原因。第二节从两位诗人的诗歌内容入手，分析他们创作的哲理诗必然孕育和渊源于"苦行诗"和"出家诗"的原因。第三节在前两节分析、比较的基础上，谈谈两位诗人的作品所具有的真正的价值取向，由此沿波而起，张而大之，谈谈"苦行诗""出家诗"以及出世理论、行为的价值取向。

第一节　"无牵无挂一身轻"

"无牵无挂一身轻"颇可以用来形容马阿里和寒山子一生的遭遇。

首先，"无牵无挂一身轻"指他们断绝了一切尘世之想，得以一心一意思考人生和世界的诸多问题。

马阿里出生在阿拔斯王朝后期一个没落的官吏家庭，儿时因天花而终生失明。他凭借超人的聪颖和强记能力，加上游历了当时的不少文化名城，大量吸收了阿拔斯王朝前期"百年翻译运动"中从外来民族转译而来的各种学问，其中有文学、历史、哲学、宗教（包括佛教知识），还有自然科学。渊博的知识滋养了马阿里天赋颇高的大脑，开阔了他的眼界。

但生活并没有为生来清高自负的马阿里提供一条黄金大道，由于阿拔斯王朝后期的政治、经济、社会形势急剧恶化，战乱频仍，百姓困苦无告。连马阿里也没能逃脱家道中落的结局，生活拮据，尤其是因失明而遭到种种不公对待，对他的打击更为沉重。于是，在35岁时，他立志弃绝红尘，开始了长达四十年的独居生活。

阿马里回到家乡后，固守三条原则：布衣素食、不寻配偶、闭门索居，并自称是"双重监狱之囚"——失明、茅舍。在马阿里的这条生活道路中，既有基督教的痕迹，又有佛教的痕迹，也许后者的影响更大些。据史书记载，马阿里四十年间远离人世和政治，唯有一次为保护家乡父老乡亲的生命财产安全，曾违心地出面向当权者求情。他把后半生的全部精力都耗费在思索宇宙、人生的重大问题上，著书立说，留下了包括哲理诗在内的大量文学、语言学著作。

寒山子在出家之前的生活，史书上没有记载，所以他的姓氏及生卒年均不详。其事迹最早见于宋初李昉等编纂的《太平广记》卷五十五引《仙传拾遗》（此书已佚），但所述极其简单，只说："寒山子者，不知其名氏，大历中隐居天台翠屏山。其山深邃，当暑有雪，亦名寒岩，因自号寒山子，好为诗，每得一篇一句辄题于树间石上。有好事者随而录之，凡三百余首。多述山木幽隐之兴，或讥讽时态，或警励流俗。桐柏征君徐灵府序而集之，分为三卷，行于人间。十余年忽不复见……"而《全唐诗》卷八〇六收有寒山诗，前附寒山子略传：

> 寒山子，不知何许人。居天台唐兴县寒岩，时往还国清寺。以桦皮为冠，布裘弊履。或长廊唱咏，或村墅歌啸，人莫识之。闾丘胤官丹丘，临行，遇丰干师，言从天台来。闾丘问彼地有何贤堪师？师曰："寒山文殊、拾得普贤，在国清寺库院厨中著火。"闾丘到官三日，亲往寺中。见二人，便礼拜。二人大笑曰："丰干饶舌，饶舌。阿弥不识，礼我何为？"即走出寺，归寒岩。寒山子入穴而去，其穴自合。尝于竹木石壁书诗，并村墅屋壁所写文句三百余首。今编诗一卷。①

---

① 《全唐诗（增订本）》，9160 页，北京，中华书局，1999。

据元代白珽说，寒山子系"唐之士人，尝应举不利，不群于俗"（《谌渊静语》）。

《佛教与中国文化》一书中收录钟文曾《诗僧寒山子》一文，他的这段叙述也许更清楚些：

> 这些在他的诗歌中有较多反映，如说："去家一万里，提剑击匈奴。"为此，他"学文兼学武，学武兼学文"（《一为书剑客》）……正当他"文武各自备，托身为得所"，要"梦去游金阙"的时候，不知什么原因，忽然"根遭陵谷变，叶被风霜改"（《有树先林生》），使自己落到"缘遭他辈责，剩被自妻疏"（《少小带经锄》）的地步，不仅政治上遭到同辈的责难，家庭也拆散了，不得已而隐沦寒岩，过起"细草作卧褥，青天为被盖，快活枕石头"的隐士生活，最后竟沦为国清寺的烧火僧人。……最后在困厄中……了结了自己的一生。

一个怀才不遇，一个仕途坎坷；一个隐居乡里四十载，一个寒岩洞中度半生。正是长期的隐居生活，才使两位诗人不再为衣食住行、闻名显达花费时间和精力，从而有了宁神思虑、不受干扰的机会，专心致志地思考那些常人无暇也无法集中精神去思考的问题，长久不断、反反复复地"理顺"那些人生中不易解答的矛盾和差异，从中得出自己的结论。

其次，"无牵无挂一身轻"指他们断绝了一切尘世之想，得以在讥切时弊时痛快淋漓、义无反顾。马阿里终生未娶，寒山子出家为僧，两人都无家室之累，况且都已经身处社会"最底层"，再无所谓受贬、受罚之可能。所以，他们才能写出揭露社会黑暗面的战斗檄文，才能直言不讳地痛斥一切丑恶现象，才能心地坦荡、不遮不掩地宣传自己的主张。我们在第四、第五章里已经列举了他们的一些诗作，其语言之尖锐、揭露之精辟不由得让人替他们暗暗捏把汗。可在言者，两位诗人早已把人世之念置之度外，全然不在乎有何祸事"将于斯身"，一派凛然正气。这样的胆豪之气便来自"无牵无挂一身轻"。

最后，"无牵无挂一身轻"还意味着他们扎根于广大穷苦百姓之中，想其所想、言其所言，与同时代的一般文人、雅士、士大夫比较起来又是一派格调。不论是阿拔斯"苦行诗"作者还是唐宋"出家诗"作者，都有不少兼写其他题材的。即便是专门写"苦行诗""出家诗"的诗人，也未必像马阿里和寒山子这样弃世得这么彻底。尤其是禅宗并不太看重"修行"，许多崇佛的士大夫也只是在家做居士，并未身体力行出世之道，只求心悟道，不求体力行。所以他们更多的是以描写自然的山水林鸟抒发禅趣，而不是直指禅理。马阿里和寒山子则较少有这样的"闲情逸致"，言辞也不求至儒至雅，所以他们的诗作就稍重理性，从而成为哲理诗。

当然，马阿里和寒山子毕竟生活在不同的历史、宗教、社会、文化氛围中，他们的经历和思想也有着相当的差别，所以在谈及他们的共性之时，也应谈及他们的个性才对。

马阿里具有地道的阿拉伯血统，而且出身当时的名门望族，自然具备孤傲、清高的性格，这点倒是与中国士大夫的心理很接近。可是，他的失明，致使他行动不如常人，强烈的自尊心加上对社会的逆反心理使他选择了把自己关在家里一心做学问的"闭门"生活方式。实际上，他的博学多才是久负盛名的，慕名而来的人络绎不绝，或拜其为师，或代为传诵，或前来拜望，所以他的"门"始终也未真正"闭"上。而寒山子却少有如此这般的自恃、自矜，加上佛教的教义尤其是禅宗佛法平等的思想的影响，使他对做托钵僧、烧火僧不甚在乎。而当有人慕名前来求师时，他竟一笑置之，自转回穴。

马阿里是一位学者，尤其是在语言学上造诣颇高，因此他驾驭文字的能力超出常人。为使作品的形式与作品说理的内容协调一致，也与自己所实践的严格的生活态度一致，马阿里在诗作中使用了非常复杂的语言和格律韵脚，难度很大，似乎只有这样才能实践自己推崇理性、限制本能欲望的原则。因此，马阿里的大部分诗作都晦涩艰深，诗味不浓。

而寒山子与此正好相反，他追求的是浅白、自由、通俗易懂的诗歌风格。他把深奥玄妙的佛语禅理用浅近的口语和比喻、民谚、

谐音、歇后语表达出来,"发露化机,规论人事,似近俗而有深意"(《梦蕉诗话》)。他自己曾说过:

> 有个王秀才,笑我诗多失;
> 云不识峰腰,仍不会鹤膝;
> 平侧不解压,凡言取次出。
> 我笑你作诗,如盲徒咏日。
>
> 有人笑我诗,我诗合典雅;
> 不烦郑氏笺,岂用毛公解。
> 不恨会人稀,只为知者寡;
> 若遣趁官商,余病莫能罢;
> 忽遇明眼人,即自流天下。

明清之际思想家、史学家黄宗羲曾说过:"夫寒山、拾得(寒山友僧)村墅屋壁所抄之物,岂可与皎然、灵澈(均为唐诗僧)絜其笙簧?然而皎、灵一生学问,不堪向天台炙手,则知饰声成文,雕音作蔚者,非禅家本色也。"(《南雷文案》)这是说寒山子、拾得的通俗诗才是禅诗本色。

"因为在禅宗看来,一片净心就是佛心,显露真心就是好诗;倘让内心遇于文字雕饰,反而是净心被迷误的表现。故禅诗就应当直抒本心,不必在形式上雕饰。"(《中国佛教文化论稿》)这种平实质朴、自然洒脱的诗风,对后来的白居易、王安石、苏轼、黄庭坚、陈万里等人产生了深刻的影响。

马阿里自幼失明,这种终身残疾使他不能像常人那样目睹大自然的景物风光,而且他生活的地方也远没有那么多秀美、壮丽的景色。所以不光是马阿里,就是与他同时代的身体健全的其他大诗人们笔下也少有山水风情,这是客观环境所致。而寒山子虽然隐居,但他是在山清水秀的浙江做禅僧,不用出门便可一览锦绣河山。况且唐宋诗风重在"兴趣",也对寒山大士有不少启迪。所以,在他笔下也有许多描山绘水的佳作。如《杳杳寒山道》一诗曰：

> 杳杳寒山道，落落冷涧滨。
> 啾啾常有鸟，寂寂更无人。
> 淅淅风吹面，纷纷雪积身。
> 朝朝不见日，岁岁不知春。

幽深、阴冷的境界，衬托出诗人超然物外的冷漠心境。

马阿里和寒山子的不同特点，正体现了阿拉伯民族和中华民族的文化传统、思维方式、审美情趣和风格特征之间的不同，这里面值得互相借鉴的东西是不言而喻的。

总之，"无牵无挂一身轻"的出世道路，使马阿里和寒山子对社会的种种不平看得更清楚，从而去思考其中的原因；而与世隔绝的生活，又使他们有精力长时间地思索有关宇宙、人生的重大问题；最后，无尘世之累的两位诗人比别人更具有彻底的精神，在揭露社会黑暗时才会毫不留情、义无反顾。这就是他们可以在众多的诗人中间率先创作出优秀的哲理诗的主观原因。

与马阿里和寒山子同时代的一些诗人，也都或多或少地写过一些哲理诗句。但由于自身的原因，或是诗才不够高超，或是思想不够深刻，他们都未能开哲理诗之先河。只有马阿里和寒山子在阿拉伯的阿拔斯王朝和中国的唐朝独领风骚，也正是他们创作的哲理诗触到了历代统治者的痛处，所以只在百姓和失意者中间流传，而很少得到当权阶级的欣赏，于是，他们就难以像其他诗人那样青史留名。幸运的是，他们的这份宝贵的思想、文学财富毕竟流传了下来，使我们今天能一睹其风采。

第二节　反叛的哲学

马阿里和寒山子创作的哲理诗都是所谓"反叛的哲学"，这是分析其内容之后得出来的结论。

　　马阿里和寒山子创作的哲理诗都包括两大主要内容：一是对宇宙、人生的思索，二是对现实的抨击。他们对宇宙、人生的思索大都是外来的学说、思想、哲学理论在他们心中引起共鸣的产物，而他们对现实的抨击则应说来自亲身经历和切身感受。

　　在马阿里生活的年代，阿拔斯王朝"百年翻译运动"结出成果，受古希腊思辨哲学的影响而产生的理性主义的伊斯兰教教义和阿拉伯哲学给时代染上了理性、思辨的色彩，令生活在这一时代并饱读群书的马阿里深受影响。他已不再满足于阿拉伯的传统思维方式，转向崇尚思辨，以理性为武器，重新认识传统的宇宙观、人生观，甚至开始用理性、怀疑的眼光重新审视伊斯兰教的六大信仰。在他的哲理诗中，有大量关于宇宙本体论的思索，也有许多对伊斯兰教教义的怀疑、分析，比如：

　　　　四质结合，构成万物，
　　　　它们即是：
　　　　风、火、水、土。

　　这无疑是对宇宙本原的一种解释，同时也是对伊斯兰教教义的一种离心倾向。他又说：

　　　　世界本具四种特性，
　　　　上方天体与此相同。

　　这是说上界与下界一样由四种物质构成，这更体现了一种超人的胆识。他还说：

　　　　我没说流星会随岁月流逝而黯淡，
　　　　我只是想，它们是否也被赐予头脑，
　　　　对善、恶能够分辨？
　　　　他们是否也有男、女之分，

以血统和婚姻的纽带相互关联？

这是对"天体有灵"论的一种怀疑甚至讽刺，他对人类的起源也有这样的论述：

> 我们必然要回复到本来面目，
> 因为生物都属永恒的四元素。

在这里，物质不灭论与人的物质属性都表述得一清二楚，这些都是对伊斯兰教教义的一种怀疑甚至否定。在马阿里的诗中，公开怀疑伊斯兰教教义的诗句比比皆是。在此，我们只摘引几段加以说明：

> 天神是我不理解的事物，
> 但小心别惹怒你的同族。

> 你们说：主啊！给我们水喝吧，
> 可这并没有奏效，
> 而阿拉伯人和外族人还都笃信此条。

> 无数教长布道，
> 无数先知诞生，
> 但如今他们统统已去，
> 尘世的灾难却依然层出不穷。

> 尔撒的圣经、诗篇，
> 穆萨的经文和穆罕默德的经典，
> 对各民族广布禁令却全然无用，
> "劝告"被置之不理，
> 人们仍无所适从。

以上所引可以说明马阿里对伊斯兰教以及更多宗教的怀疑和否定，这样一种思索和论证不可能出现在哈里发御用文人的笔下，这是不言自明的。追求尘世浮华的人也大都无心思索这些深刻的问题，更不会得出如此结论。只有像马阿里这样放弃红尘的人，才可能写出如此诗作。

寒山子对宇宙、人生的思考与马阿里不一样，他完全接受了佛教尤其是禅宗的学说。因为在他所处的时代，解脱现世苦难的唯一精神武器就是佛教尤其是禅宗。佛教本身具有非常深刻的哲学思考，恩格斯在《自然辩证法》中就曾称赞过佛教徒处在人类辩证思维的较高发展阶段上。对寒山子来说，这些哲学思考对宇宙、人生作出的种种解释无疑是对抗现实的强有力的思想武器，这样的出世哲学自然很快引起了身处逆境的他的共鸣，他的诗中就有不少是咏叹自证境地的：

> 岩前独静坐，圆月当天耀。
> 万象影现中，一轮本无照。
> 廓然神自清，含虚洞玄妙。
> 因指见其月，月是心枢要。

> 可贵天然物，独一无伴侣。
> 觅他不可见，出入无门户。
> 促之在方寸，延之一切处。
> 你若不信爱，相逢不相遇。

> 碧涧泉水清，寒山月华白。
> 默知神自明，观空境逾寂。

> 吾心似秋月，碧潭清皎洁。
> 无物堪比伦，教我如何说。

另外，他咏叹"无常观"的诗作也很多：

> 何以长惆怅？人生似朝菌。
> 那堪数十年，亲旧凋落尽。
> 以此思自哀，哀情不可忍。
> 奈何当奈何，托体归山隐。

> 谁家长不死？死事旧来均。
> 始忆八尺汉，俄成一聚尘。
> 黄泉无晓日，青草有时春。
> 行到伤心处，松风愁杀人。

> 自古诸哲人，不见有长存。
> 生而还复死，尽变作灰尘。
> 积骨如毗富，别泪成海津。
> 唯有空名在，岂免生死轮。

上面讨论的是马阿里和寒山子所创作的哲理诗中有关哲学思考的部分，从中我们可以看出，正因为他们的这些哲学思考都是以出世为前提的，所以他们创作的哲理诗孕育和渊源于"苦行诗"和"出家诗"便是自然而然的了。

至于马阿里和寒山子创作的哲理诗中抨击现实的部分，我们在第四、第五两章里已引了不少，在此再补充一些，以期更好地说明问题。马阿里曾这样写道：

> 每个国家都有个官运亨通的统治者，
> 都有个狼心狗肺欺压百姓的暴君，
> 他横行霸道，
> 从理应掌权的人手里夺走大印，
> 于是普天之下泪湿前襟。

酋长无非是靠下流话掌了大权，
他们的所谓"敬畏真主"用心阴险；
管你是混血还是纯种，
只要有钱，就能当官。

有没有这样的领路之人——
敬畏真主，众皆随行？
我们的君主们可十分"正经"，
一个个借酒助兴！

　　马阿里的这类诗作深刻揭露了统治者唯利是图、道貌岸然的真实面目，当然使统治者如坐针毡，他们又如何能以"宽容的态度"对待马阿里的这些"檄文"呢？！
　　寒山子的有些诗则全是讥笑、谩骂之语：

个是谁家子？为人大被憎。
痴心常愤愤，肉眼醉瞢瞢。
见佛不礼佛，逢僧不施僧。
唯知打大脔，除此百无能。
猪吃死人肉，人吃死猪肠。
猪不嫌人臭，人反道猪香。
猪死抛水内，人死掘土藏。
彼此莫相啖，莲花生沸汤。

　　这些"村野俚语"更是不能被自封"儒雅"的君主们赏识。
　　抨击朝政、讽刺权贵、揭露黑暗、讥切时弊，这就是马阿里和寒山子创作的哲理诗中的又一类内容，这样的内容显然亦无法融进那些奉和应制的诗作之中。
　　综上所述，马阿里和寒山子创作的哲理诗本身的内容，决定了它们必然孕育和渊源于"苦行诗"和"出家诗"。

第三节　于出世、入世之间

前两节分析了马阿里和寒山子创作的哲理诗必然孕育和渊源于"苦行诗"和"出家诗"的原因，从中我们似乎已经很清楚，他们的人生态度和哲理诗都是具有出世的价值取向的。正像马阿里在诗中所说：

> 古人们长眠于温暖的大地，
> 一切灾难便消失殆尽；
> 只有走向坟墓之时，
> 才能摆脱尘世之恶，得以宁神。

> 我终生把斋，至死来临；
> 我把这一天当作节日，
> 为它的到来雀跃欢欣。

> 我知道污秽之母①有个奇怪的特性，
> 谁为它服务，它对谁凶；
> 谁蔑视它，倒少受苦痛。
> 那就拒绝它吧，别后悔无穷！
> 我的心灵无法摆脱尘世的灾难，
> 别人也和我一样，
> 死亡是我们唯一的途径。

马阿里的出世观更多的是对人间罪恶的厌烦，他宁可一死以求平安，而寒山子则更"想得开"：

> 一住寒山万事休，更无杂念挂心头。
> 闲于石壁题诗句，任运还同不系舟。

---

① 指尘世。

人问寒山道，寒山路不通。
夏天冰未释，日出雾朦胧。

似我何由届，与君心不同。
君心若似我，还得到其中。

余家有一窟，窟中无一物。
净洁空堂堂，光华明日日。
蔬食养微躯，布裘遮幻质。
任你千圣现，我有天真佛。

这些诗中的"出世"倾向是再明显不过的了。可是，如果深入他们走上出世道路的过程和他们的出世观，我们便会强烈地感到"现世"或者说现实之手一直在掌握着这两位诗人。他们都是在现实中失意后，才由积极入世转向厌恶人生、弃绝红尘的。实际上，他们的这种出世的人生态度不过是对现实社会一种变相的"软性"反抗，也是一种获得精神安慰、保持心灵平静的手段。假如没有仕途的挫折，他们也许会像御用文人那样，写不出这样忧愤深广、讽喻质直的诗了。

所以，在我看来，他们这种源于尘世之想的出世观是十分脆弱的。在马阿里和寒山子的诗里，不也隐约可见对尘世的心有所系吗？不然，为何要那么愤懑忧伤、激切锋利呢？但他们始终克制着、坚持着，并用"不涉世事""远离尘寰"的方式强迫自己不看、不听、不想、不念尘世乐趣，直至走向生命的尽头。如果他们真的"无牵无挂"了，那又何苦离群索居、隐遁寒山呢？身居闹市而"凡心"不动，不是更能证明"飘然出世"之境界吗？可见，这种出世观背后的尘世之想是多么难以遏制。

另外，在他们诗中的"思考"篇和"警世"篇中，我们看得很清楚，他们其实无时无刻不在关心这个世界，无时无刻不在注视人生。不论是对宇宙的本原之探，还是对权贵的辛辣批判，都是他们几十年如一日思考人生、批判人生的结果，包含了他们对宇宙、人生的深刻认识。

由此看来，与其说马阿里和寒山子的人生态度和哲理诗是出世的，还不如说是入世的，至少可以说是介乎出世和入世之间的。

纵观人世间的一切出世观点、行为，说到底不过就是对人生、社会的一种态度——一种不满、反感的态度。尽管持出世观的人在表达这种态度时常常显示出"超然物外"的倾向，但实质上不过是以此来与社会抗衡。更深层次的目的便是希望社会有所改变，从而满足自己的人生需求。所以，可以说世界上没有一家学说、一位诗人是真正"超脱尘世"的。在所谓出世的外表里面，蕴含的是入世的价值取向。

结　　语

在当今世界文坛上，阿拉伯文学与中国文学的比较尚属"处女地"，而阿拉伯古典文学与中国古典文学尤其是阿拔斯"苦行诗"与唐宋"出家诗"的比较，更是无人问津。选择这块"难啃的骨头"，无异于自讨苦吃。不过，鉴于这个命题本身的价值，我甘愿做块铺路石。

本书通过大量的历史回顾，分析了世间"苦行"行为或者说出世行为产生的原因，指出这种行为是人类文明发展过程中的一种"异化"行为，它对人类文明的发展既有消极的作用，又有积极的作用。而在分析这种"异化"行为产生的原因时，我也涉及了宗教的起源、宗教与文化的关系等问题，并提出了自己的看法。

我在对阿拔斯"苦行诗"和唐宋"出家诗"产生、发展、内容、形式的分析、讨论中，进一步论证了上述一些观点，同时也对阿拉伯民族和中华民族在民族性格、文化传统、思维模式和审美情趣等方面的异同作了比较，提出了自己的看法。

另外，本书在讨论阿拔斯"苦行诗"的过程中，对伊斯兰教当代复兴运动的原因作了一个方面的说明；而在分析唐宋"出家诗"的过程中，对中国传统文化、中国传统文学的心理特征也作了一定的说明。

对"苦行诗"和"出家诗"的研究，本身就是个多学科、多视角的课题，所以，本书的命题之中亦含有文明与"苦行"、宗教与文化、民族性格与艺术特色、出世与入世等多角度的内容。作为一个专修阿拉伯古典文学的人，这个命题对我来说是够大、够难的。但在两位导师^①的悉心指导下，经过阅读相当数量的有关书目、论文，我终于完成此书，实望能为繁荣我国文化事业、中阿文化交流略尽绵薄之力。

　　鉴于水平有限，本书疏漏之处肯定不少，衷心希望得到专家、学者的不吝指教，以便日后修正此书，丰富自身。

北京外国语学院^②

阿拉伯语系^③

齐明敏

1993 年 3 月于北京

---

① 本人的两位导师余章荣先生和高凤翔先生已先后故去，未在他们有生之年见到本书
　　出版，令我甚为痛心！
② 今北京外国语大学。
③ 今阿拉伯学院。

参考文献

中文参考书目：

1. 周一良、吴于廑主编:《世界通史》，北京，人民出版社，1972。

2. [英] 赫·乔·韦尔斯:《世界史纲》，吴文藻译，北京，人民出版社，1982。

3.《世界上古史纲》编写组编:《世界上古史纲（上册）》，北京，人民出版社，1979。

4. [美] 威廉·兰格:《世界史编年手册》，刘绪贻译，北京，生活·读书·新知三联书店，1981。

5. 翦伯赞编:《中外历史年表》，北京，中华书局，1961。

6. 范文澜:《中国通史》第二册，北京，人民出版社，1978。

7. 白寿彝主编:《中国通史纲要》，上海，上海人民出版社，1980。

8. [美] 希提:《阿拉伯通史》，马坚译，北京，商务印书馆，1979。

9. [埃及] 艾哈迈德·爱敏:《阿拉伯—伊斯兰文化史》第二册，朱凯、史希同译，纳忠审校，北京，商务印书馆，1990。

10. 陈万里编著:《伊斯兰简史》，上海，上海外语教育出版社，1991。

11. 叶朗:《中国美学史大纲》，上海，上海人民出版社，1985。

12. 游国恩等主编:《中国文学史》第三册，北京，人民文学出版社，1964。

13. [黎巴嫩] 汉纳·法胡里:《阿拉伯文学史》，郅傅浩译，北京，人民文学出版社，1990。

14. [英] 汉密尔顿·阿·基布:《阿拉伯文学简史》，陆孝修、姚俊德译，北京，人民文学出版社，1980。

15. [美] 斯特伦:《人与神》，金泽、何其敏译，上海，上海人民出版社，1991。

16. 卓新平：《宗教与文化》，北京，人民出版社，1988。

17. 马德邻等：《宗教，一种文化现象》，上海，上海人民出版社，1987。

18. 刘锋：《宗教与中国传统文化》，济南，山东教育出版社，1990。

19. 牟钟鉴：《中国宗教与文化》，成都，巴蜀书社，1989。

20. [英] 杰弗里·帕林德尔：《世界宗教中的神秘主义》，舒晓炜、徐钧尧译，北京，今日中国出版社，1992。

21. 何云：《佛教文化百问》，北京，中国建设出版社，1989。

22. 潘桂明：《佛教禅宗百问》，北京，今日中国出版社，1989。

23. [日] 加地哲定：《中国佛教文学》，刘卫星译，北京，今日中国出版社，1990。

24. 王志远，吴湘洲：《禅诗今译百首》，北京，今日中国出版社，1992。

25. [日] 井筒俊彦：《伊斯兰思想历程》，秦惠彬译，北京，今日中国出版社，1992。

26. 沙秋真、冯今源：《伊斯兰教历史百问》，高雄，佛光出版社，1991。

27. 冯今源、铁国玺：《伊斯兰教文化百问》，高雄，佛光出版社，1991。

28. 葛兆光：《禅宗与中国文化》，上海，上海人民出版社，1986。

29. 孙昌武：《佛教与中国文学》，上海，上海人民出版社，1988。

30. 方立天：《中国佛教与传统文化》，上海，上海人民出版社，1988。

31. 文史知识编辑室编：《佛教与中国文化》，北京，中华书局，2005。

32. 中国佛教协会编：《中国佛教漫谈》，南京，江苏古籍出版社，1990。

33. 苏渊雷：《佛教与中国传统文化》，长沙，湖南教育出版社，1988。

34. 张曼涛主编：《佛教与中国文化》，上海，上海书店，1987。

35. 赖永海：《佛道诗禅：中国佛教文化论》，北京，中国青年出版社，1990。

36. 魏承思:《中国佛教文化论稿》,上海,上海人民出版社,1991。

37. 张中行:《禅外说禅》,哈尔滨,黑龙江人民出版社,1991。

38. 中国社会科学院文学研究所编:《唐诗选》,北京,人民文学出版社,1978。

39. 蘅塘退士编,陈婉俊补注:《唐诗三百首》,北京,中华书局,1959。

40. 陈迩东选注:《苏东坡诗词选》,北京,人民文学出版社,1960。

41. 暨南大学中文系中国古代文学教研室编著:《中国历代诗歌名篇赏析》,长沙,湖南人民出版社,1983。

42. 南充师范学院中文系古典文学教研组选注:《古代诗歌选》,成都,四川人民出版社,1983。

43. 中国大百科全书出版社《简明不列颠百科全书》编辑部译编:《简明不列颠百科全书》第10卷,北京,中国大百科全书出版社,1986。

阿拉伯语参考书目:

المراجع العربية الرئيسية:

1- ((دائرة المعارف الإسلامية)) النسخة العربية

2- ((الأغانى)) ابن الفرج الأصفهانى

3- ((معجم الأدباء)) ياقوت

4- ((الشعر والشعراء)) ابن قتيبة

5- ((أدباء العرب)) بطرس البستانى

6- ((تاريخ الإسلام)) حسن ابراهيم حسن، مكتبة النهضة المصرية

7- ((تاريخ الأمم الإسلامية--- الدولة العباسية)) محمد الحضرى بك، المكتبة التجارية الكبرى بمصر

8- ((لتصوّف الإسلامي)) حامد طاهر، مكتبة النسر للطباعة

9- ((كتاب الورقة)) ابن الجراح، دار المعارف

10- ((تاريخ الأدب العربي--- العصر العباسي الأول)) شوقى ضيف، دار المعارف

11- ((تاريخ الأدب العربي--- العصر العباسي الثانى)) شوقى ضيف، دار المعارف

12- ((تاريخ الأدب العربي--- العصر الدول والإمارات--- الشام)) شوقى ضيف، دار المعارف

13- ((تاريخ الأدب العربي--- العصر الدول والإمارات--- الجزيرة العربية والعراق وايران))
شوقى ضيف، دار المعارف

14- ((تاريخ الأدب العربي--- العصر الدول والإمارات--- مصر)) شوقى ضيف، دار المعارف

15- ((تاريخ آداب العرب)) مصطفى صادق الرافعى، دار الكتاب العربي، بيروت

16- ((تاريخ آداب اللغة العربية في العصر العباسي)) أحمد الإسكندري، مطبعة السعادة

17- ((تاريخ الآداب العربية)) كارلويليونى، دار المعارف

18- ((الموجز في الأدب العربي وتاريخه)) حنا الفاخورى، دار الجيل، بيروت

19- ((أمراء الشعر العربي في العصر العباسي)) أنيس المقدسى، دار العلم للملايين

20- ((الشعر في الدولة العباسية)) محمود مصطفى، مطبعة الباب الحلبى وأولاده

21- ((الشعر العباسي)) محمد أبو الأنوار، مكتبة الشباب

22- ((في الشعر العباسية نحو منهج جديد)) يوسف خليف، مكتبة غريب

23- ((القصيدة العباسية قضايا واتّجاهات)) عبد الله التطاوى، مكتبة غريب

24- ((مقدمة القصيدة العربية في العصر العباسي الأول)) حسين عطران، دار المعارف

25- ((حركة التجديد في الشعر العباسي)) محمد عبد العزيز الموافى، مكتبة الشباب

26- ((المقارنة بين الشعر الأموي والعباسي في العصر الأول)) عزيز فهمى، دار المعارف

27- ((الفنّ ومذاهبه في الشعر العربي)) شوقى ضيف، دار المعارف

28- ((الشعر العربي بين الجمود والتطور)) محمد عبد العزيز الكفراوى، نهضة مصر للطباعة
والنشر والتوزيع

29- ((الشعر وطوابعه الشعبية على مرّ العصور)) شوقى ضيف، دار المعارف

30- ((الصورة ؤالبناء الشعري)) محمد حسن عبد الله، دار المعارف

31- ((حركة الشعر بين الفلسفة والتاريخ)) عبد الله التطاوى، دار الثقافة للنشر والتوزيع

32- ((أدب الزهد في العصر العباسي)) عبد الستار السيد متولى، الهيئة المصرية العامّة للكتاب

33- ((ديوان أبي العتاهية)) دار صادر بيروت

34- ((ديوان المتنبى)) دار صادر بيروت

35- ((ديوان أبي تمام)) دار صعب بيروت

36- ((زهديات أبي نواس)) مطبعة مصر

37- ((اللزوميات)) أبو العلاء المعري، مكتبة الهلال بيروت

38- ((التحليل النصي للشعر العباسي)) محمد فتوح أحمد، مكتبة النصر

39- ((أبو العلاء المعري)) أحمد تيمور، مكتبة الأنجلو المصرية

40- ((مع أبي العلاء في سجنه)) طه حسين، دار المعارف

41- ((ذكرى أبي العلاء)) طه حسين، دار المعارف

42- ((تجديد ذكرى أبي العلاء)) طه حسين، دار المعارف

43- ((أبو العلاء ناقد المجتمع)) زكى المحاسني، دار المعارف

44- ((مع ابي العلاء في رحلة حياته)) عائشة عبد الرحمن، دار الكتاب العربي

45- ((الفكر والفنّ في شعر أبي العلاء المعرى)) صالح حسن اليظى، دار المعارف

46- ((شاعرية أبي العلاء في نظر القدامى)) محمد مصطفى بالحاج، الدار العربية للكتاب

47- ((شعر الزهد في العصر العباسي الأول)) رسالة الدكتوراه إعداد: شوقى رياض أحمد
إشراف: شوقي ضيف 1969

48- ((شعر الزهد في العصر العباسي من قيام دولة بني بويه حتى سقوط بغداد)) رسالة الدكتوراه
إعداد: عبد الستار محمد صيف إشراف: محمد فتوح احمد

图书在版编目（CIP）数据

阿拉伯阿拔斯"苦行诗"与中国唐宋"出家诗"比较研究 / 齐明敏著. —北京：北京师范大学出版社，2023.10

ISBN 978-7-303-28861-8

Ⅰ.①阿… Ⅱ.①齐… Ⅲ.①古典诗歌—诗歌研究—阿拉伯半岛地区②古典诗歌—诗歌研究—中国—唐宋时期 Ⅳ.① I371.072 ② I207.2

中国版本图书馆 CIP 数据核字（2023）第 029271 号

营 销 中 心 电 话 010-58805072 58807651
版权与国际合作部 http://www.bnup.com

ALABOABASIKUXINGSHIYUZHONGGUOTANGSONGCHUJIASHIBIJIAO
YANJIU

出版发行：北京师范大学出版社 www.bnup.com
　　　　　北京市西城区新街口外大街 12-3 号
　　　　　邮政编码：100088
印　　刷：北京盛通印刷股份有限公司
经　　销：全国新华书店
开　　本：710 mm × 1000 mm　1/16
印　　张：10
字　　数：146千字
版　　次：2023年10月第1版
印　　次：2023年10月第1次印刷
定　　价：58.00元

策划编辑：李路洋　　　　　　　　责任编辑：赵雯婧
美术编辑：李向昕　　　　　　　　装帧设计：李向昕
责任校对：丁念慈　　　　　　　　责任印制：李汝星